朱華国後宮恋奇譚
偽りの女帝は男装少女を寵愛する

綾瀬ありる Ariru Ayase

アルファポリス文庫

https://www.alphapolis.co.jp/

第一話　朱華国の男後宮

「ふう、こんなものかな……」

並べ終えた膳を満足げに見つめ、翠蘭《スイラン》は額の汗を拭って大きく息を吐き出した。

夏の日中は屋内の仕事であってもすぐに蒸してくる。翠蘭が朱華国《しゅかこく》の男後宮に入り、尚食《しょうしょく》——後宮内の食事を司る部署に配属されてから、早いものでもう三ヶ月が経とうとしているのだと実感するのはこういう時だ。

周辺諸国で後宮といえば選《え》りすぐりの淑女が皇帝の寵愛を競う場所だが、「男後宮」という名の示すとおり、ここに集められているのは男だけ。なぜなら、朱華国は朱雀を神獣として祀っており、代々その化身たる徴《しるし》を身体のどこかに持つという女帝の治める国だからである。

従って、後宮には女帝のために国中から見目麗しい男ばかりが集められ、日夜その寵を争っている——というわけだ。

だが、当代の女帝である朱美帆《シュメイファン》は、三カ月前にこの男後宮に彼女のための夫候補達が招集されて以降、未だに誰も伽《とぎ》に呼んでいない。

それどころか、後宮にその姿を現すことすら稀《まれ》である。

（私が後宮に来てから、陛下の姿を見たのは一度……いや、二度か）

一度目は、この男後宮に入ってすぐ、後宮の中を歩く姿を遠目に見たもの。そうしてもう一回は、つい先日――新女帝として即位した美帆の後宮がようやく正式に発足したことを祝う宴でのことだ。

とはいえ、そのどちらにおいても翠蘭は美帆の姿を遠目にしか見ることは叶わなかったのだが。

それでも鮮やかに思い起こせる姿を改めて脳裏に描き、翠蘭は小さくため息をついた。

赤を基調とし、金糸の華やかな刺繍が艶やかな襦裙《じゅくん》に美しく結い上げられた髪。そこに挿した玉を埋め込んだ簪は、周囲に飾られた灯火の光を受けて煌めいていた。

しかし、そんなもので飾り立てなくとも彼女が噂通り絶世の美女なのは疑いようのない事実であった。

長いまつ毛に縁取られた切れ長の瞳に、すっと通った鼻筋。薄い唇に塗られた紅は蠱惑的な艶を帯び、薄い微笑みをたたえている。

近くにいた男たちが、彼女を見て興奮気味に囁き合っていたのも記憶に新しい。

（そういえば、宴の時……）

なんとなくだけれど、美帆と視線が合ったような、そんな気がした。だが、自分たちの間には、それこそ何十人も人がいたのだ。

自分を見ていた、と思うのは少しばかり自意識過剰であろう。

翠蘭は首を振ると、汲み上げたばかりの水を、甕から水差しに移し始めた。

（きっとお側にいた、四夫君《よんふくん》とそのお側の方々のどなたかを見ていたんでしょう）

この後宮内には序列というものが存在している。

四夫君《よんふくん》、というのは、正一品《しょういっぽん》である貴婿《きせい》、淑婿《しゅくせい》、徳婿《とくせい》、賢婿《けんせい》の四名のことを指しており、その出自はいずれ劣らぬ名門貴族だ。

彼らが、この後宮の中では一番地位の高い夫ということになる。

特に貴婿《きせい》である宋燈実《ソウトウミ》は、父が女帝への上奏を取り扱う尚書《しょうしょ》の位にある、ということもあり、四夫君《よんふくん》のなかでも頭一つ抜けた存在となっていた。

（おそらく、宋貴婿が一番に伽《とき》に呼ばれるだろう、というのが後宮内ではもっぱらの

噂なのよね）

当人もそのつもりなのだろう。言動の端々に、自信のほどが現れているのがわかる。

では、正六品《しょうろっぽん》——宝林《ほうりん》に序せられた翠蘭は、序列の中のどの位置か、といえば。

まず、朱華国の男後宮では、内官《ないかん》と宮官《きゅうかん》、そして内侍省《ないじしょう》とに分けられる。

この中で、内官《ないかん》というのは特に位の高い夫たちで、実家の格などにより四夫君《よんふくん》や九《きゅう》婿《せい》といった序列はあるが、女帝の寵愛を受けやすいという意味では大差はないように見受けられる。

そこから位のさがる夫たちを宮官《きゅうかん》といい、後宮内を実際に切り盛りするのは主に彼らの役目であった。その中にももちろん序列はあり、翠蘭が序された宝林《ほうりん》という位は、宮官《きゅうかん》の中ではまぁ中くらいといったところである。

百人以上は集められているというこの男後宮だが、女はただ一人皇帝のみ。

そのため、たいていの場合閨《ねや》に侍《はべ》ることができるのは四夫君《よんふくん》だという。けれど、過去には、翠蘭と同じ正六品や、あるいはそれ以下の夫が寵を受けたためしもあるらしい。

万が一、その機会があれば。

最初のうちは、そんな風に思っていたのだけれど。

後宮を開いて三か月、その間に皇帝が閨《ねや》に呼んだ男は皆無。それればかりか、後宮に姿を現わすことすらないのだ。

隣人になった天佑《チンヨウ》などは、冗談交じりに「おまえはかわいい顔をしているし、物珍しさに陛下が目を留めたりなさるかもしれんなぁ」などと言っていたのだが、会うこともないのではその可能性すらない。

ふう、と唇から吐息を漏らし、翠蘭は軽く首を回した。

ぱきぱきと小さな音がして、微かな痛みが逆に気持ちがいい。それに目を細めつつ、翠蘭は以前聞いたことのある話を思い返した。

（確か、先代も先々代も……）

何人もの男を後宮に集めておきながら、実際に伽《とぎ》に呼んだのは、四夫君《よんふくん》と、その他にはほんの二、三人程度だったという。

美帆がそれに倣うなら、翠蘭などそばに近づく機会すらなく生涯を終えることになるだろう。

そんなことを考えながら、翠蘭はたっぷりと中身を満たした水差しを台の上に置いた。

（そういえば……朱雀の徴《しるし》を持つ女帝は、その片翼たる唯一の伴侶を見わけられる、とかいう伝承もあったはずだけれど……）

さすがにそれはただの言い伝えなのだろう。もし本当なのならば、閨《ねや》に招く男は一人で充分なはずだ。

（そうでなければ単なる色好みか……それこそ政治的な思惑によるものか）

どちらにしても翠蘭には縁が遠そうだ。そんな思いが脳裏を過《よぎ》り、翠蘭は小さく首を振った。

それでは困るのだ。

自分には、寵愛を得て女帝の婿になりたい、というこの後宮内で誰もが持つ願いとは別の理由で、女帝の寝所に侍《はべ》りたい理由があるのだから。

（どうしたものかしらね）

翠蘭は苦笑すると、うーんと大きく背伸びをした。それから、ふう、と大きく息を吐くと、窓の外に目をむける。

ちょうど、尚食局《しょうしょく》の目の前にある小さな池の周囲には、雀が何羽か集まっていた。ちょこまかと動き回るその雀たちは、ぴちちと小さなさえずりの音を響かせている。

朝の陽の光は、その光景を優しく照らしていた。

その、華やかな後宮らしからぬ朴訥な光景に、ふと郷里のことが思い出され、翠蘭が拳を軽く握り締めた時——背後にある扉がばたんと音を立て、勢いよく開いた。

ぼうっと物思いにふけっていた翠蘭は、その音ではっと我に返る。

「おい、朝餉の支度は……済んだようだな」

「あ、ああ……」

馴染みのある声が背後から聞こえ、翠蘭はほっと肩の力を抜くと背後を振り返った。

そこには、体格の良い、精悍な顔立ちの青年が立っている。

翠蘭と同じく宝林《ほうりん》に序され、尚食局《しょうしょく》に配属となった石天佑《シー》だ。

彼とは、宛《あて》がわれた房も隣同士ということで、なにかと話をする機会も多い。

翠蘭にとって、この後宮で数少ない友人——のような存在であった。

その天佑は、大股に翠蘭に近づいてくると、周囲を見まわしてため息をついた。それから、翠蘭に視線を向け、肩をすくめて口を開く。

「皓宇《ハオユー》、おまえ一人か？」

「まぁな」

その言葉に、翠蘭もまた、彼と同じように肩をすくめて頷いて見せた。

彼の言う「皓宇」というのは、翠蘭のここでの名だ。そう――翠蘭はとある目的のため、名を偽りこの男後宮に潜入しているのである。

いや、偽っているのは名前ばかりではない。

胸元に手を当て、翠蘭は唇を噛んだ。そもそも、自分は――

「……仕方ないな。ほら、運んでしまおうぜ」

「そうだな」

はっと我に返り、翠蘭は小さく咳払いをすると彼の言葉に頷いた。そうして、膳に手を伸ばしそれを抱えようとする。

だが、天佑は「こっちは俺がやる」と翠蘭から膳を取り上げると、背後に向かって顎をしゃくった。

そこには、美しい装飾の施された水差しがちょこんと並べられている。

膳を軽々と持ち上げた天佑は、大柄な身体を軽く揺すり、笑いながらこう続けた。

「おまえはそっちの軽いのを持てよ、チビ」

ふっと鼻で笑われ、翠蘭はむっと膨れた顔を作って見せた。

だが、実際天佑と翠蘭の身長差は、頭一つ分ほどにも及ぶ。本当のことだけに、反論する言葉もない。

(仕方ないじゃないの……)

心の中でそう呟いて、翠蘭はわざとらしいため息を一つついてみせると「悪いな」と一言だけ告げ、その手に水差しを抱えた。

その間に天佑は、がははと大声で笑いながら膳を抱え、足を使って器用に扉を開けて外へと出て行く。慌てた翠嵐は、彼の背中に向かって大声を上げた。

「待てって、扉くらい開けてやるから……!」

「いいからほら、早くしろ。そろそろ時間がなくなるぜ」

「……本当だ、まずいな」

大股で先を歩く天佑の後を、翠蘭は水差しを抱え、少し早足でついていった。その途中、ふと自分の姿が池に映り込むのが視界の端に見える。

水面に映る翠蘭は、肩の下まである髪を高い位置でひとまとめにし、濃い紺色の袍を纏《まと》っていた。

しかもその地味な袍は翠蘭には大きさがあっておらず、ぶかぶかで不格好なこと極まりない。

ここでは、服装も髪型もある程度自由が認められている。それは、男後宮に集められた男たちがみな「皇帝の夫」であるからだ。

それゆえ、彼らは自らの身を飾り、美しく装うことで妻である皇帝の寵を得ようと必死になっている。

がさつに見える天佑ですら、身につけている袍は上質な生地を使用して、きちんと身体に合わせて仕立てたものだ。さりげなく身につけている装飾品も、よく見ればなかなか品がよく、それなりに値の張るものなのだろうと推測できる。

むしろ、翠蘭のように地味で、なおかつ身体に合っていない衣服を着ているほうが異端なのだ。

けれど、翠蘭だって別に好き好んでそんな格好をしているわけではない。自身にとって必要だから、仕方なく身に着けているのだ。

なぜなら、翠蘭が偽っているもう一つのもの——それは、性別だからだ。

男性のものとは明らかに異なる自らの身体の線をごまかすためには、そうするしかないというわけだ。

だが、と池に映った自分の姿をもう一度ちらりと見て、翠蘭はため息を漏らした。

(まったく怪しまれない、というのも業腹ではあるのよね)

なんとなく胸元に視線を落とし、翠蘭は小さく肩をすくめた。

男後宮にいる以上、性別を偽っていることが露見すれば、ここを追い出されるなどという程度の罰では済まない。国の頂点たる皇帝を謀った罪で極刑をまぬがれないだろう。

そんなことになれば、翠蘭は目的を果たすこともできずに命を落とすことになる。

当然、真実が露見しない方が良いに決まっていた。

だがそれでも、一応年頃の女性である翠蘭の複雑な胸の内ばかりはどうしようもない。

(ばかね……)

埒《らち》もない考えを振り払うように頭を一つ振ると、翠蘭はぐっと奥歯を噛み締めた。

水面に映る自身の姿に、それと似通った面差しが重なって見える。

(待っていてね、皓宇……)

その姿に向かって、翠蘭は心の中で語りかけた。

（あなたの仇は、私が必ず討ってみせるから）

誓いを新たにするようにそう呟き、大きく頷いてみせる。すると、水面の面影が微かに微笑んだような気がした。

（そうよ、あなたのために……必ず、皇帝を討つ……！）

そのために、自分はここにいるのだ。

「……い、皓宇……どうした？　早く来いよ」

「あ、ああ……悪い、今行く」

天佑の声と同時に池の魚が跳ね、翠蘭の姿は波立つ水にかき消された。はっとして顔をあげれば、先を行っていた彼との距離がずいぶん開いてしまっていることに気付かされる。

どうやら、池の前で足を止めてしまっていたらしい。

「あんまり遅くなると、またどやされるぞ」

「ああ」

小さくため息をつくと、翠蘭はぱたぱたと足音を立てて彼の後を追った。それが遠くなっていくと同時に、水面に立っていた波も静まっていく。

あとにはただ、静けさだけが漂っていた。

翠蘭の出身は、朱華国の端にある山の中――その奥地にひっそりと暮らす一族だ。昔はそれなりの人数がいたが、一人、また一人と若者がその地を離れてゆき、今では数えるほどの人数しか村にいない。

その一族の長である楊《ヤン》家の長女。それが翠蘭であった。

楊家には、代々人を癒す異能を持つ子どもが産まれ、その子が次の長となる。翠蘭には双子の弟がおり、彼は幼いうちからその異能を顕現させていた。

当然、次の長の地位は彼のもの。周囲はそう見ていたし、当人もそのつもりで生活していた。

そして翠蘭は、当然そんな彼を支え、村で一生を終える――そのはずだった。

あの事件さえ起きなければ。

それは、一人の旅人が翠蘭たちの住む村を訪れたことから始まった。

彼は「道に迷ってしまった」と言い、怪我をして動けない仲間がいるのだと、助けてくれないかと訴えてきた。

それを拒否する理由などない。こんな山奥で大変だろう、と同情した村人たちは、何人かがかりで怪我人を迎えにゆき、楊家へと運び込んだ。

「どうする？」

弟に囁かれ、翠蘭は怪我人の様子を観察した。

ひどい外傷はないが、足首に触れると痛がる。腫れは見られないため、おそらくじいた程度で骨は折れていないだろう。

二、三日も安静にしていれば、すぐに良くなる。

異能を使って癒すまでもないように思えた。

（それに……）

癒しの力といえば聞こえはいいが、その力を使うには、まず自分に病気や怪我を移す必要がある。

異能をまだ制御できなかった幼い弟が、自分の怪我や病を意図せず引き受け、そのたびに寝込む姿を見てきた翠蘭としては、積極的にその力をふるうよう勧める気にはなれない。

それは、長である父も同じ考えのようだった。

「傷が癒えるまで、我が家に逗留《とうりゅう》なさるとよろしかろう」

そう言って、旅人たちを家に滞在させることにしたのだ。

——その日の晩、みなが寝静まった頃のこと。

翠蘭は大きな物音で目を覚ました。あちこちで怒鳴り声が上がり、ぱちぱちと火の燃える音が聞こえてくる。

「っ、げほ……っ」

木の燃える焦げ臭い匂いと、充満する煙。何が起きたのか理解できず、翠蘭は震えながら周囲を見回した。

「とうさま……かあさま？　皓宇……！」

一体どうなってしまったのか。家族の名を震える唇からなんとか絞り出し、彼らを探して部屋からさまよい出る。

しかし、そこで見たのは——悪鬼さながらの恐ろしい形相で皓宇を捕らえ、連れ去ろうとする旅人と、その隣に立つ武装した兵の姿だった。

そして、それに追いすがり、なんとか息子を取り戻そうとする父。

「どうして……息子を離してくれ……！」

煤まみれになりながらも必死に手を伸ばし、父が皓宇の手を掴もうとする。どこか痛めているのか、地に這ったままの父の額からはうっすらと血がにじんでおり、その表情は苦痛に歪んでいた。

だが、そんな痛々しい姿を無表情に見下ろした兵士は、どん、と勢いよく父の肩を蹴りつける。

「皇帝陛下の御ため、悪く思うなよ」

ごろりと転げた父が、苦悶のうめきを漏らす。よく見れば父の服は煤と泥だけでなく血でも汚れていた。

あれでは、身動きすることすら苦痛を伴うに違いない。というのに、父はまだ必死に皓宇にむかって手を伸ばしている。

「皓宇……、皓宇……っ！」

「とうさま……っ」

翠蘭は恐ろしさに動くことすらできず、全身をがたがたと震わせながらその様子を見ていることしかできなかった。

そんな姉の姿に気付いたのか、皓宇がちらりとこちらに目を向ける。

彼と視線が交わった瞬間――翠蘭は激しい頭の痛みに襲われた。がんがんと割れるような痛みと、ちかちかと点滅する視界。

そして脳裏に響く、皓宇の声。

『頼むよ、翠蘭――』

それは、本当に聞こえていたのかそうでなかったのか、今となっては判然としない。

そのままふっと意識を失った翠蘭が次に気付いた時には、すでに半分以上が燃え落ちた邸と倒れ伏した父――そしてすでに亡骸となっていた母が残されていた。

村も大半が焼かれ、あちこちに無残な死体が転がっている。その中には、翠蘭と同じくらいの子どもの姿もあった。

「あぁ……ああっ……！」

「どうして……っ、どうして……」

「われらが何をしたというのだ……」

あちこちから、生き残った村人たちの嘆く声が聞こえてくる。その惨状を、翠蘭は茫然と見つめていた。

「う、うう……」

だが、すぐそばに倒れていた父のうめく声に、はっと我に返る。

「とうさま……とうさま……っ」

大怪我をしてはいるものの、父はどうにか命がある様子だった。翠蘭は必死に看病したが、満足な物資もなく、それを手に入れる手立てもない山の奥でははかばかしくない。

その中で気づいたことだが、翠蘭は皓宇が攫われ、母を亡くしたショックが引き金となったのか、癒しの力が発現していた。

まだ未熟なその力をどうにか使い、翠蘭は父の怪我を少しずつ移しとっては癒すという行為を繰り返す。だがしかし、その力はやはり万能というわけではなかった。

怪我そのものを癒すことはできたが、生きる気力を戻すことはできない。

一年が過ぎたころ、起き上がることもできなくなっていた父はこの世を去った。

(どうして……)

父を弔い、一人きりになった翠蘭の胸の内を占めるのは、その疑問ばかり。

(どうして陛下は、こんなむごいことを……)

その頃になってようやく知ったことだが、当時の皇帝朱美雨《メイユー》は病を得ており、明日をも知れぬ病状であったらしい。

話を聞いた翠蘭は、そういうことかと奥歯を噛んだ。

(自分の命を永らえるために、皓宇を連れて行ったのか……!)

それならば、誠心誠意礼を尽くして頼めば、あるいは方法を共に探ることもできたかもしれない。だというのに、あんな残虐な方法で皓宇を連れ去るなんて。

翠蘭にとって大切な弟であるというだけではない。

皓宇は跡取り息子であり、いわば一族の希望そのものだった。皓宇がいれば安心だと言われていた素朴な村は、あの火事で元々少なかった住民の半分以上を亡くし、今や貧しくも平和だった日々の面影すらない。

悲しみと、怒りと——そして、何もできなかった不甲斐ない自分を責める気持ち。

それが恨みに成長するのに、そう長い時間は必要ではなかった。

「必ず、仇をとってみせる……」

こぶしを握り締め、翠蘭はそう呟いた。

父や母、そして皓宇。翠蘭の大切な家族を奪った皇帝に、必ず復讐をする。

しかし、その機会を得られぬまま、半年後には皇帝朱美雨が死去。治まりきらない怒りの矛先は、その跡を継いで帝位に就いた美帆に向けられることとなる。

（直接かかわっていなくとも、あの女の娘というだけで理由としては充分よ……）

暗い気持ちを抱いたまま、翠蘭は彼女に近づくため、新皇帝のための後宮、その宮《きゅう》官《かん》募集へと参加し、見事その一員となることに成功したのである。

じりじりと焦りのようなものを感じながら、いつも通りの日常を送り、それからさらに三か月がたった、ある日のこと。

翠蘭は、宵闇に紛れこっそりと自分の室から抜け出した。その手には、桶と手ぬぐいがある。

後宮の夫たちは汗をかかなくて済むようになり水浴びの頻度が減ったと喜ぶ時期だが、本来女の身である翠蘭は、そもそも宮官《きゅうかん》たちが使う大浴場を使うことができない。仕方なく、目立たぬ場所にある井戸で水を汲み、身体を拭き清める――という方法を採っているのだ。

この日も、いつもと同じように井戸で身を清めようと、夜半過ぎて周囲が寝静まった頃を見計らって部屋を出た、というわけである。

こうして夜出歩くようになってから、衛士が巡回する時間も順路もばっちり把握済みだ。

彼らの目をかいくぐり、いつもの井戸についた翠蘭は、水を汲むと身に着けていた衣を脱いだ。持ってきた手ぬぐいで身体を拭き清め、それから小さく身震いする。

今はまだ暖かいからましだが、これからだんだん寒くなっていく。そうなれば、なにかしらの方策を考えなければいけないだろう。

いや、それまでに仇を討ち、ここから出ていくことを考えなければ、いたずらに時がたつばかりだ。

(このまま皇帝が誰のことも閨《ねや》に呼ばないのなら、いっそこちらから皇帝の宮へ忍び込むことも考えないと……)

しかし、相手はこの国で一番守られるべき存在である。宮の警備も厳重だ。

忍び込むのは至難の業だろう。

(警備の穴をまずは探して……)

それから、とついつい考えごとに没頭してしまう。

そのため、ぱきん、と木の枝を踏む音がして、翠蘭がはっと後ろを振り返った時には、既に手遅れかもしれない事態だった。

視線の先、暗闇の中にぼんやりと、人の姿らしきものが浮かび上がって見える。

誰かがいる。

裸同然の姿を、見られた。

「きゃ……ん、ぐ……っ」

悲鳴を上げそうになり、翠蘭はすんでのところで自分の口に蓋をした。こんなところで悲鳴を上げて、困るのは自分のほうなのだ。

性別詐称がばれれば、追い出されるどころか死罪確定なのだから。

（こっちから顔が見えないのだから、向こうからも見えていないわよね……？）

すぐそばに小さな明かりは置いているが、こちらの顔がはっきりと見えるほどの明るさはないはずだ。

今ならまだ、間に合う。

「お、おい……」

背後から、翠蘭を呼び止めようとする男の声が聞こえる。だが、脱いだ衣を半端にひっかけ、桶と手ぬぐいをひっつかんだ翠蘭は、脱兎のごとく逃げ出した。

そのまま、一目散に自分の房へと逃げ込み、ぜえはあと大きく息をつく。

背後から追ってくる足音は聞こえなかった。念のため、耳を澄ませてみたが、やはり外に誰かいるような気配はない。

「は、あっ……よか……た……」

寄りかかった扉を背に、翠蘭はずるずるとへたり込むようにしてその場に座り込んだ。ひやりと冷たい床の感触にぞくっと鳥肌が立つが、今はそんなことを気にしているような気分ではない。

（大丈夫……よね……？）

顔は見られていないはず。

翠蘭と近しい背格好の者と言われると限られるが、いないわけではない。

房に逃げ込むところを見られていたとしたら苦しいが、それとていくつも同じような扉が並んでいる場所だ。その中から翠蘭の房を示されても、暗くて見間違えたのだろうと言い張ることは可能だろう。

とはいえ、今回は運が良かっただけ。

次があれば今度こそ翠蘭の命はないだろう。

これからは、より一層周囲に注意しなくては。
そう心に決め、翠蘭はぐっとこぶしを握り締めた。

第二話　偽りの女帝

翌朝、翠蘭は不安を抱えたまま尚食《しょうしょく》の仕事場へと向かった。

本当なら、仮病を使ってでも房に引きこもっていたかったくらいだ。だが、夜半過ぎに井戸の前で水を被っていた女がいた、という噂が出回っていないか、ひいてはそれが翠蘭だとわかってしまうような情報がでていたりしないか、それが気になって気の休まる暇もない。

だったらいっそ、自分の目と耳で確かめよう。

そんなわけで、午前中の間、翠蘭は神経を尖らせ、耳を大きくして過ごしていた。

だが、昼を過ぎた頃になっても、夕方近くになっても、一向にそれらしい噂が出回っている様子はない。

同僚の天佑はその手の噂を聞きつけてくるのが早いので、それとなく聞いてみたのだが、彼も目新しい噂話はないと言っていた。

「……大丈夫そう、かな?」

まあ、昨晩は月も出ていなくて周囲は真っ暗だった。女であることに勘付かれたのでは、と思っていたが、手燭のぼんやりとした明かりでは、身体の線まではっきり見えなかったのだろう。

そう思って、翠蘭はほっと胸を撫で下ろした。

――の、だが。

そんな翠蘭を――いや、後宮中を驚かせるような出来事が起きたのは、尚食局《しょうしょく》が夕餉の支度で忙しくなる、夕刻のことだった。

これまでに誰も閨《ねや》に呼んだことのない皇帝から、突然翠蘭にお召しがあったのである。

（ど、どうして……）

驚きよりも、翠蘭の胸の内を占めたのは、そんな戸惑いであった。

だが、これは彼女にとって、千載一遇のチャンスである。なにしろ、これで堂々と皇帝の部屋に入ることができ、あまつさえ二人きりになることができるのだ。

（……この機会を、逃すわけにはいかない……！）

なぜ、どうして、という疑問は消えない。だが、翠蘭はそれを無理やり打ち消すと、張り切って準備を始めた。

いつもよりもきつめに晒《さらし》を巻き、その中に短剣を忍ばせる。

（よし……！）

最後に姿見でおかしなところがないかを確認し、翠蘭は気合を入れて房を出た。迎えの宦官《かんがん》が一礼し、先に立って歩き出す。

周囲からは、羨望ともやっかみともつかぬ視線が浴びせられ、ひそひそと囁き合う声も聞こえてきた。

それらを背に、翠蘭は宦官《かんがん》の後について歩いていく。

だが、しばらく経つとだんだんと緊張が足元から忍び寄ってきた。体が震え、口の中が異様なほどに乾く。

無理やりに唾を飲み、翠蘭は冷たくなった指をそっと擦り合わせた。

（大丈夫、大丈夫……）

父も母も――それに皓宇だって、きっと自分を見守ってくれている。早鐘を打つ心臓を押さえ、からからに乾いた唇を舐めると、翠蘭は先を歩く宦官《かんがん》の背をじっと見つめた。

やがて、たどり着いたのは後宮の中でも一際荘厳な建物――皇帝のために用意された宮、紅玉宮《こうぎょくきゅう》である。

赤い壁に釉薬がかかった瓦、名前に紅を戴くとおり、青空に映える紅の御殿を想像した際に思い浮かべる姿そのものがそこに建っている。

普段は近づくことすらできない一角だけに、こうして側で見ると圧巻だ。

警備の衛士は、こちらの姿を認めると大きな門扉をゆっくりと開いた。その先にはまだ灯籠の並んだ路が続いている。

「こちらです」

宦官《かんがん》は短くそう言うと、さっさと門をくぐり、灯籠の間を歩いていく。建物の立派さに気圧されて、茫然としていた翠蘭は、慌ててその後を追った。

きらびやかな文様や彫刻を施された幾多の柱を通り過ぎ、奥へ奥へと進んでいく。

「大家《ターチャ》、お連れいたしました」

「ん、入れ」

やがて、朱塗りの格子戸の前で立ち止まった宦官《かんがん》が頭を深く下げながら言うと、中から少し低めの、やや掠れた声がそう返してきて、翠蘭はぎょっとした。

偉そうなその物言いから察するに、これが皇帝——美帆の声なのだろう。

臣下を通さず皇帝が直接声を発し、答えを返してきたことにも驚いたが、もっと驚くことにその答えを聞いた宦官《かんがん》は「ほら」と翠蘭を振り返ると、中に入るよう促してきた。

つまり、いきなり女帝と二人きりになれ、と言っているも同然だ。

宦官《かんがん》の立ち位置から察するに、彼は共に入る気がない。

「え、ええ……？」

いくら閨《ねや》に呼ばれたとはいっても、そんな不用心なことがあるのだろうか。

戸惑いながらも、翠蘭は扉にそっと手をかけた。だが、この先のことを考えると緊張が一気に高まり、なかなか手を動かすことができない。

そんな翠蘭の背に向かって、宦官《かんがん》は「なにをしておる、はようせぬか」とせっついてくる。

「陛下がお待ちなのだぞ」

若干苛立たしげなその声に、「うるさい」と心の中でだけ威勢よく返すと、翠蘭は扉をじっと睨みつけた。

（この中に、いるんだ……）

緊張で呼吸が浅くなる。乾いた唇を軽く舐め、翠蘭は大きく息を吸い込むと扉にかけた手に力を込めた。

だが、それよりも一瞬早く、中から勢いよく扉が開かれる。そうかと思えば、鮮やかな襦裙《じゅくん》の袖を翻し、長い腕が翠蘭の手を掴んだ。

「えっ」

思わず間抜けな声を上げると同時に、その手がぐいっと翠蘭を室内に引っ張り込む。

「遅い、ぐずぐずするな」

「え、ええっ」

たたらを踏んだ翠蘭に向かって、情け容赦ない言葉が浴びせられる。

そっと視線を上げれば、そこに立っているのは長く艶のある髪を流しっぱなしにし、艶やかな襦裙《じゅくん》に身を包んだ絶世の美女だった。

思わず息をのむと、彼女はふっと鼻先で笑った。そのまま「付いて来い」と合図をして身を翻すと部屋の奥へと歩いていく。

向かう先には、豪奢な造りの榻《こしかけ》が置かれていた。

人が二、三人は座れそうなほどに大きなそれにもたれるようにして座った美帆は、茫然と立ち尽くす翠蘭に向かって、くすりと小さく笑ってみせる。

「どうした？」

その声に、翠蘭はっと我に返った。と同時に、美帆がこちらに背中を向ける、という無防備極まりない状況を目にしていながら、せっかくの好機を無駄にしてしまったことに気付き唇を噛み締める。

（しまった……）

一番油断する場所は寝台だろうと決めつけて、晒《さらし》の中に短剣を忍ばせてしまった、その短慮も悔やまれる。

密かに胸中でそう反省をしていると、呆れたような声が翠蘭を呼んだ。

「おい、楊……皓宇、だったか。そんなところで棒立ちになっていないで、こちらに来て座ったらどうだ」

「は……」

ぽんぽん、と自らの隣を指し示し、美帆が言う。その暢気そうな態度に一瞬いらっときたものの、翠蘭はぎゅっとこぶしを握ってどうにか心を落ち着かせた。

ここはおとなしく言うことを聞き、再度油断した隙を見て手を下すしかない。そう考え、ぎこちなく彼女のそばに近寄ると、示された場所に腰を下ろす。

（それにしても……）

そばに置かれた卓子《テーブル》には、酒肴の準備がされている。そこに手を伸ばした美帆が、杯を傾けるのを横目に見ながら、翠蘭は心の中で呟いた。

（……とんでもなく、美人。……と、同性から見てもそれしか言えない顔ね）

こうして改めて近くで見る美帆は、本当に美しい顔立ちをしている。

すっと通った鼻筋に、品よく彩られた薄い唇。形の良い瞳の周りを、長いまつ毛が縁取っている。目力が強く、儚いというよりも力強さを感じさせる、中性的な美貌だ。

微笑みかけられると、同じ女である自分ですら心臓がどきりとしてしまう。

その金色の瞳には、人を魅了する力でもあるのではないか。そんな埒《らち》もないことを考えてしまい、翠蘭は軽く首を振った。

（これなら、四夫君《よんふくん》だけでなくほかの夫たちも血眼になるというものよね……）

権力だけでなく美しさも兼ね備えているとなれば、手に入れたいと思うのは男の性質というものだろう。

けれど、と短剣を忍ばせた胸元を抑えると、美帆がちらりとそれを見て「ああ」と何かに気付いたような声を上げた。

一瞬、ここに短剣を忍ばせていることがばれたのかと、翠蘭が身を固くする。だが、美帆は再び杯を傾けると、なんということもない調子でこう続けた。

「そういえば、その胸は何かで押さえているのか？」

「……え？」

何のことを言われているのかとっさに思い浮かばず、翠蘭は間抜けな声を上げる。

だが、美帆はそんな彼女の胸元に手を伸ばすと「ほれ」と指先でつついてきた。

「ほれ、ここだ、ここ……昨夜見た時には、もう少し膨らんでいただろう」

「ささっ……さく、や……？」

昨夜、という単語に、翠蘭の顔から血の気が引いた。まさか、そんな――と必死に気を落ち着かせようとするも、目の前の美帆はにやりと口の端を吊り上げ、翠蘭の腕をつかんでくる。

「ふむ、やはり細いな」

「な……!?」

まずいことになっている。それだけは、はっきりと自覚できたが、どうすることもできない。

美帆の力は思ったよりも強く、その腕を振り払うこともできなかった。それどころか、かえって榻《こしかけ》に押し付けられ、身動きすら封じられてしまう。

顔を近づけてきた美帆は、まるで鼠を捕らえた猫のように、にんまりとした笑みを浮かべた。

「昨夜のこと、忘れたわけではないだろう？　井戸の側で水を浴びていたおまえをみたのは、この俺だ」

「え、う……嘘……っ」

はっきりと美帆の口からそう言われ、翠蘭は息が止まったかと思うほどの衝撃を受けた。昨晩、井戸の側に現れた男――あれが、美帆だったというのか。

（っていうか、今……俺って言った……？）

もう何から考えればいいのかわからない。頭の中は大混乱だ。一体何がどうなっているのか把握できず、翠蘭は目を白黒させて美帆の顔を見つめた。

すると、余裕たっぷりの表情を浮かべた美帆が、掴んでいた翠蘭の腕を引き、自身の胸元に触れさせる。

そこには、やわらかな双丘が――

（……ん？）

掌に伝わってきた感触に、翠蘭は目を瞬かせた。自分の記憶が確かならば、女帝の胸はそれなりにこう、ふっくらと盛り上がっていたはずだ。

それが、ない。

おもわずぺたぺたとその感触を確かめながら、翠蘭は彼女の顔を見上げた。

「え、ど、どういう……」

なんというか、そこはまっ平というか、なんなら少し硬い、筋肉の感触があって――

これでは、まるで。

（そんなわけ……）

ごくりとつばを飲み、翠蘭は混乱する頭で必死に考えた。

建国神話によれば、神獣朱雀はつがいである人間の女に朱雀の徴《しるし》を与え、己と同等の力を持たせたという。従って、それを受け継ぐのは代々女性のみだと言われている。

それゆえ、朱華国はこれまで女帝の治める国として発展してきたのだ。

それなのに。

（い、いや、まさか……）

急に息苦しさを覚え、翠蘭は大きく息を吸い込んだ。

そんな彼女の様子を見た美帆は、ははははと声をあげて笑うと、何でもないことのようにあっさりと口にする。

「性別を偽っているのは、なにもおまえだけではない、というわけだ」

「な、な……っ、いっ……!?」

疑念を肯定され、驚きに目を丸くした翠蘭は、自身に関する言葉を否定するのも忘れてまじまじと彼女――いや、今の言葉を信じるのなら「彼」――の顔を見つめた。

だが、つるんとした肌に長いまつ毛、それに薄紅色の艶々した唇は、とてもではないが男のものとは思えない。

うそでしょ、と思わず漏らせば、美帆は憤慨したように鼻を鳴らした。

「嘘などついてどうする。おまえも今触れて確かめただろう。それともなにか、もっと他の場所を触らせたほうがわかりやすいか?」

「ほ、他の場所……?」

どこを、と目を瞬かせた翠蘭に、美帆はくすりと笑うと掴んだままの彼女の手を下半身へと導こうとした。そこで初めて「どこを」触らせる気なのか思い至った翠蘭は、あわててその腕を振りほどく。

火事場の馬鹿力というやつか、それとも本気で触らせる気がなかったからなのか、あれほどがっちりと掴まれていた腕があっさり解放され、翠蘭はほっと息を吐きだした。

「わかったか？」

「わ、わかった……わかりました、から……！」

ここで下手に逆らって、もう一度「では」などと言われてはたまらない。

やけくそ気味に翠蘭がそう叫ぶと、美帆は少しばかり不服そうな顔をしてこう呟いた。

「どうせ、いずれ触れることになるのだから、別に今でもかまわんだろうに」

「は、はあ⁉」

何を言っているのだ、この人は。今夜何度陥ったかわからない混乱に再び陥った翠蘭が、大きな叫び声をあげる。

そんな彼女の姿を見て、愉快そうに笑った美帆は、さらなる爆弾を投下してきた。

「俺の本来の名は、朱憂炎《ユウエン》。……皓宇、おまえにはな、俺の子を産んでもらう」

「な……っ⁉」

あまりにも唐突で思いもよらない美帆――いや、憂炎の言葉に、翠蘭は二の句を告げずぽかんと彼の顔を見つめた。

だが、その言葉の意味を理解すると同時に、目の前が真っ赤に染まり、身体がわなわなと震えだす。

「なにを、ばかなことを……！」

こみ上げる怒りをこらえきれず、翠蘭はがたんと立ち上がると大声でそう叫んだ。

「私におまえの……仇の子を産めというのか⁉」

「か、仇……？」

翠蘭の言葉に、憂炎は目を瞬かせ、そう問い返してきた。そのとぼけた態度が、翠蘭の怒りに火を注ぐ。

憂炎の胸ぐらをつかむと、翠蘭は歯ぎしりしながら彼に詰め寄った。

「楊皓宇の名に聞き覚えはないのか⁉　おまえの母親のために死んだ……私の、弟の名だ……！」

そう叫ぶと、翠蘭は自らの胸元に手を差し入れ、乱暴に晒《さらし》を緩めると短刀を取り出そうとした。

だが、自分できつく巻いた晒《さらし》はなかなかほどけず、もたついてしまう。

「ばかか」

呆れたようにそう言う憂炎に取り押さえられ、翠蘭は臍を噛んだ。

「くそ……っ、離せ！」

「いや、それより……弟といったか……？」

しかし、当の憂炎には何の心当たりもないようだ。

そう呟くと首を傾げ、何かを思い出そうとするかのように視線が遠くを見つめるものになる。

だが、その瞳の奥に少しだけ悲しみの影を見つけ、翠蘭の心がわずかに軋《きし》んだ。

その影に、自分と同じ色を見つけたからだ。そう――同じく、肉親を喪った者としての、悲しみを。

だから、唐突に思い出してしまったのだ。

憂炎もまた、親との死別を経験したばかりの人間である、ということを。

（いや、違う……私のほうが、ずっと……ずっと苦しかった……）

だからこそ、復讐を決意して今まで生きてきたのだ。だというのに、その決意がこんなことで簡単に揺らごうとしている。

（そんなの……っ）

ぶんぶんと大きく首を横に振り、翠蘭はぎりりと奥歯を噛み締めた。

そうだ、こんなことでは父にも母にも、皓宇にも顔向けできない。

気弱な心を振り払うように、ぶんぶんと首を振り、彼を向けた目に力を込める。

（必ず、仇を討つと誓ったじゃないの……！）

誓いを新たにするように胸中でそう呟けば、握り締めた指先に再び力が籠もった。

「忘れているなら思い出させてやる。あれは忘れもしない、二年前のこと——」

翠蘭は彼に向かって、先帝がいかに残虐な方法で皓宇を連れ去ったのか、それによって父や母がどうなったのかをつぶさに教えてやった。それは、復讐が正当なものだと彼に教えるというよりも、自身がそのことを再確認するためのものであったかもしれない。

だが、話を聞かされた憂炎は眉をひそめ、首を傾げた。

「おかしいな」

「おかしいとはなんだ！」

憂炎の反応に、翠蘭は再び怒りを刺激され、彼をにらみつけた。だが、憂炎はあっさりと彼女を解放すると、襟元を直しながら小さく呟く。

「俺は母が臥せってから、ずっと傍についていたが――皓宇という名の人間に心当たりはない」

「なに……」

「そう名乗る者を召し上げたどころか、母との会話で出て来た覚えすらないぞ。母と第三者との会話も含めて、だ。病床の母が俺抜きで誰かと話したことはない。俺に知らせない状態での接触は無理だ」

そもそも、と憂炎は立ち上がり、部屋の隅に置いてある抽斗《ひきだし》からなにやら紙の束を取り出した。

それをぺらぺらとめくったかと思うと、とある頁《ページ》を開いて翠蘭に差し出してくる。

「これは……？」

「俺の日記だ」

そう短く告げると、憂炎は「ここを」と頁《ページ》の真ん中あたりを指で指し示す。そこには、一年ほど前の日付が書き込まれていた。

「これは、ちょうど母が倒れた日だな」

「え……？」

彼の意図が分からず、翠蘭は戸惑いながら日付に続いて書かれた文章に目を通した。

確かにそこには、先帝が倒れたことと、医師を呼んで診察を受けたが、理由が不明だということが簡潔に記されている。

それに続いて、純粋に母を案じる憂炎の気持ちが綴られていた。

「この日から、母はだんだんと寝込みがちになっていった。一か月もすると、起き上がることも難しくなって……」

ぺらぺらと紙をめくりながら、憂炎が言葉を続ける。翠蘭も、その手元をじっと見つめた。

だが、頭の中は混乱状態だ。

（どういうこと……？）

彼の日記を信じるのならば、先帝である美雨が病を得たのは、崩御の半年前だ。だが、皓宇が連れ去られたのは、そこからさらに一年も前になる。

病の兆候があったとしても、いくらなんでも早すぎだろう。

おかしいのはそればかりではない。皓宇がいたはずなのに、倒れてから半年という異常な速さで病が進行し、死亡しているのだ。

「ほら、俺はずっと母の側にいたが……その間、皓宇という男が連れてこられたという記述はない」

「そんな……！」

翠蘭はひったくるようにして彼の手から日記を奪い取ると、食い入るようにそれを読み始めた。

そこには、先帝の病状が克明に記録されており、行った治療の内容や服用した薬、果ては紹介された医師の名前まで記されている。

だがそこに、癒しの力のことはおろか、皓宇らしき人物については一切記載されていなかった。

「そんなはず……だって、皓宇が連れていかれたのは、先帝がなくなる一年も前なのに……」

ばさり、と音を立て、翠蘭の手から彼の日記が滑り落ちる。

最後に読んだ頁《ページ》は、先帝が亡くなった日のものだった。

ここまで読み進めばわかる。

文量としても内容としても、この日記に事実を改竄出来る余地はない。事実を捻じ曲げれば僅かなりとも浮かび上がる違和感がない。

「こんな……」

そこから読み取れるのは、憂炎が母親のために懸命に手を尽くしたということ。それから、彼が一切人道に悖るような行いをしなかった、という事実だ。

そして――彼もまた、母が死にゆくのを見守ることしかできなかった、それを悔いているということも。

(私と……同じ……)

鼻の奥がつんとして、目の奥が熱い。油断すると、涙が出てしまいそうだ。

それを誤魔化すように俯き、唇を噛みしめる。

だが、憂炎のほうはといえば、そんな過去の事はすっかり乗り越えているようだった。

なにやら気になることがあるらしく、「それより」と小さな声で呟くと、片手を顎に当て、ぶつぶつとなにやら呟いている。

「おまえの話からするに、兵は確かに宮城のもの……だが、そんな記録も記憶もない。いったい……?」

しばらくそうして考え込んでいた憂炎は、突然「よし」と大きな声を出すとぺしんと自分の膝を叩いた。

「ええと……皓宇……その、おまえの弟だな。そいつのことは、俺が責任を持って調べてやる」

「な……っ、本当か?」

思いもよらない憂炎の提案に、翠蘭は思わず顔を上げ、まじまじと彼の顔を見つめた。そんな彼女に向かって頷いて見せた憂炎は、にやりと笑うとこう続ける。

「ああ。その代わり、おまえは俺の子を産め」

「は、はああ⁉」

どうしてそうなるのか。憂炎のむちゃくちゃな言い分に、翠蘭は慌てて首を振った。

だが彼はにやにやと笑ったまま、翠蘭を脅しにかかる。

「なんだ? では皇帝を害しようとした罪で、なにもわからないまま死罪になる方がいいのか？」

「……っ！　そ、そんなことをしたら……お、おまえが男だということを、みなの前で告発するぞ！」

翠蘭も負けじとそう脅し返す。だが、明らかに分が悪いのは翠蘭の方だった。

にやにやと笑ったまま、憂炎が彼女の胸元に巻かれた晒《さらし》に手をかける。くいくいとそれを引っ張りながら、彼はからかうような口調でこう言った。

「皇帝である俺の言葉と、一介の宮官《きゅうかん》であるおまえの言葉――みながどちらを信じるかなど、明白ではないか？」

「……っ」

何も言い返せず、翠蘭は無言で彼を睨みつけた。確かに憂炎の言うとおり、自分よりも皇帝である彼の言葉の方をみな信じるに決まっている。

悔しいが言い返せない。その代わり、とでもいうようにぺしっと彼の手を払いのけ、ぷいと顔を背ける。

「くそ……」

絞り出すように呟いた言葉には、諦めの響きが混じっている。

ふ、と小さく笑うと、憂炎は満足そうに翠蘭の肩を抱き、勝ち誇ったようにこう告げた。

「決まりだな。それじゃあ……皓宇、いや……ややこしいな。おまえ、名はなんというんだ」

「はぁ？」

今更何を言っているのだ、と翠蘭は怪訝な表情を浮かべ、憂炎に視線を戻した。だが彼は存外真面目な表情でこちらを見、小さく肩をすくめてみせる。

「名だ、いつまでも弟の名前で呼んでいたら、ややこしいだろうが」

「……翠蘭。楊翠蘭だ」

ここで拒否したとて、特に意味は無い。翠蘭は肩を落とし、ここにきてから呼ばれることもなかった自身の名を口にした。

たった半年――されど、なんだか妙に懐かしく感じられる。

「ふむ、翠蘭か……良い名だな」

そこで初めて、憂炎はにっこりと唇に笑みを浮かべた。初めて見せた、その邪気の感じられない微笑みに、翠蘭の心臓がどきりと大きな音を立てる。

（美人の笑顔って、心臓に悪いな……）

大きく息を吸って、吐いて。なんとか鼓動を落ち着けようとする翠蘭に向かって、憂炎はその良い笑顔のまま、こう言い放った。

「では翠蘭。明日から毎晩俺の部屋に来るように」

第三話　男後宮の闇

明くる朝、眠い目をこすりながら、翠蘭は尚食《しょうしょく》局へと向かう廊下を歩いていた。

皇帝のお召しを受けたとはいえ、いきなり自身の担当する仕事がなくなるわけではない。

いや、もう少し位の高い夫であれば同じ派閥の者や側仕えの者に代わってもらうのかもしれないし、そもそも朝はゆっくり過ごしていても問題ない程度の仕事量なのかもしれない。しかし、翠蘭の地位ではそんな人脈や権力はない。夢のまた夢だ。

夜遅くまで考え事をしていて眠たかろうが、二日前からの精神的な疲れが溜まっていようが、やらなければならないことに変わりはないのだ。

ふう、と息を吐き、翠蘭は手摺の向こうにある庭院へ目を向けた。

そこにはいつもと同じ、代わり映えのしない光景が広がっている。

だが、つい数日前までは汗ばむような陽気だったというのに、今朝の風は少し冷たい。いつの間にか季節が移ろっていたことにも気付いていなかったのだと、翠蘭はもう一度小さな吐息を漏らした。

いや、それは――自分でもやり場のない鬱屈のあらわれだったかもしれない。

（まさか、こんなことになるなんて……）

たった一晩で、全てが変わってしまった。

仇と思っていた相手は仇ではなく、そうかと思えば性別を偽った男で。さらには自分に「子を産め」などと迫ってくる。

「いったい何を考えているんだ、あの男は……」

小声で呟くと、翠蘭は軽く首を振った。

何がどうなっているのか、今思い返してみてもなんだかよくわからない状況に陥ってしまっている。

だがそんな状況の中でも、一つだけはっきりしていることがあった。

（今日の夜も、あいつのところに行かないといけないなんて……）

なんだかんだと言いくるめられて約束してしまったが、どう考えたっておかしくはないか。

百歩譲って、調査結果を聞かせるから定期的に来い、と言うのであればまだわかる。

明らかに頻度が多くてもまだ目を瞑ろう。

しかし、昨日の今日で分かることなど何もないだろう。その状態で憂炎のもとへ行くことに、何の意味があるというのか。

昨夜、それを理由に行かないと突っぱねることは、不可能ではなかった。ただしそれは、その後自分がどうなるかを考えない無謀な行為でもある。

仮にも、皇帝に逆らうのだ。

何やら機嫌の良かった憂炎の気まぐれに振り回されているだけで、笑って許してくれるなら良い。だが、一度でも勘気をこうむれば、翠蘭の立場や命など、紅玉宮の調度品より軽い。

昨日言われていたとおり、自身が女であることをばらされ、皇帝を謀った罪に問われることになるだろう。

（そうなったら、何かしらの刑罰を受けることになるか、あるいは冷宮送りになるか……死罪、か）

脳裏に浮かんだその可能性に、翠蘭は小さく身体を震わせた。

鞭打ちや体の一部を削がれる刑罰はいっそ死なせてくれと思うほどに痛いという。

寵愛を失った夫や後宮内で罪を犯した者が送られる冷宮に押し込められてしまえば生

きながらの死だと言えるだろう。

それでも、そのどちらよりも、本当に死ぬことが恐ろしい。

もしも本当にそんなことになったら、皓宇に実際に何が起きたのかを知ることが永遠にできなくなってしまう。

それは嫌だ。翠蘭はぎゅっと拳を握り締めると、小さく息を吐き出した。

（私が彼の言うことを聞けばいいだけだもの……）

そうすれば、皓宇の、そして父と母の本当の仇が見つかるのだ。これまでの後宮での生活では手がかりの端緒すら見つけられなかったことを思えば、ひとまず憂炎の言うことに従うのが得策だというのは、考えなくてもわかる。

だが、そう思いながらも、それが言い訳に過ぎないことは自分自身が一番よくわかっていた。

（だって……）

胸の中でそう呟きかけて、翠蘭は首を横に振った。

そうしないと、彼の瞳の奥にあった悲しみの色が脳裏にちらついて、絆されそうになってしまうからだ。

温めてきた復讐心は見当違いのものだった。それでも、一晩どころかたった一瞬の表情でそれが揺らいでしまったと認めることは、今の翠蘭にはできなかった。

「おはようございます」

「おは……おやおや」

いつものように誰もいないだろう。そう思いながらも、挨拶をしつつ扉を開けた翠蘭の耳に、聞き慣れない声が返答を寄越した。

驚いて視線を上げれば、そこにいたのは周子涵《シュウズーハン》という名の青年である。位は翠蘭の一つ上、才人《さいじん》に序されており、神経質そうな男という印象だ。

尚食に配属されていたはずだが、これまで一度として尚食《しょうしょく》局に顔を出したことはない。なぜなら、彼は由緒ある家柄の出であることが自慢で、このような仕事をする人間ではないと自負しているからだ。

そんな男だから、こちらが無礼な態度をとっていると判断すると、ものすごい勢いで突っかかってくる。

幸い、その被害に遭ったことはないが、何度かそんな光景を目にしたことがあった。

（うっとおしいな……）

ちらりと彼の向こうに視線を走らせたが、水一つさえ汲《く》んである気配もない。どうせ仕事をしないなら、姿を現さなければいいのに。

そう思ったとき、子涵は嫌みったらしい口調でこう続けてきた。

「誰かと思えば、楊宝林《ほうりん》さまじゃありませんか。どうしてこちらに？」

「は……？」

彼の言葉に、思わず眉間に皺が寄る。

だが、そんな翠蘭の反応には全く構う様子もなく、子涵はニタニタとした笑みを浮かべながら、一人で頷いた。

「陛下の閨《ねや》に侍《はべ》った後だというのに、こんな朝早くから……ああ、あれですか？　緊張して、役に立たなかったのですか？」

「はあ……？」

何を言われたのかはよくわからないが、彼の表情からしてこちらを侮辱する意図があるのは明白だ。だが、そんな態度を取られる意味がわからなくて、翠蘭は怪訝な表情を浮かべ、子涵を見やった。

だが彼は、そんな翠蘭の態度を「お高くとまっている」と感じたようだ。

急に柳眉を逆立てたかと思うと、口から泡を吹きそうな勢いでわめき立て始めた。

「なるほど、陛下の寵をかさにきて、俺などとは話す価値もないと――そういう事か？偉そうに、何様のつもりだ！」

「え、い、いや……あの、そういうつもりでは……」

翠蘭は面くらい、慌てて首を横に振った。

なんだか意味のわからない、嫌みっぽい事を口にしたかと思えば、突然わめき出す。一体何が起きたのか正直把握できず、とにかく子涵を落ち着かせようと手を伸ばすと、それをぱしりと叩き落とされた。

「調子に乗っているんじゃないぞ、この下臈《げろう》が……！」

「い、いえ、ですから……」

なにも調子に乗っていたりはしない。そう続けようとしたところで、間に割って入った声があった。

「なんです、どうしました……周才人《さいじん》？　楊が何かしましたか」

「天佑……」

声の主は、尚食《しょうしょく》の同僚でもある天佑だ。その姿を見た途端、子涵はびくりと肩を跳ねさせ、小さく舌打ちをした。

そして、こちらをぎっと睨みつけたかと思うと、足音も荒く尚食《しょうしょく》局から出て行ってしまう。

おそらく、自分よりも大柄で力のありそうな天佑の姿に臆したのだろう。

その後ろ姿を見送った当の天佑は、軽く肩をすくめて翠蘭を振り返った。

「大丈夫か」

「ああ……悪いな、なんか……でも助かったよ、ありがとう」

ほっとした翠蘭がそう礼を言うと、彼は「だがなぁ」と扉の方に目をやり、頭の後ろをぽりぽりと掻いた。

「ああいうの、これからは増えるかもしれんぞ。気をつけろ」

「……ああ」

天佑の言葉に、翠蘭は小さく頷いた。

そうだった、昨夜から衝撃続きですっかり頭から飛んでいたが、ここは男後宮――女帝のための、夫の集まりなのだ。

誰もが皇帝の閨《ねや》に侍《はべ》り、その寵愛を我が物にせんと願っている場所。その中で、自分は彼らよりも頭一つ抜きん出た存在となったのだ。

（なるほど、出る杭は打たれるってわけね……）

はあ、と大きなため息をつき、翠蘭は天井を仰いだ。

別に翠蘭は、皇帝の寵を望んでいたわけではない。昨日張り切って皇帝の元に向かったのも、復讐のためだ。

だが、端から見れば翠蘭は皇帝に呼ばれ、意気揚々と彼の元に向かったと、そう見えているのだろう。

（めんどうくさいな……）

おそらく、こうして突っかかってくる人間は他にも出てくることだろう。それを考えると、頭が痛い。

ただ幸いなことに、周囲には敵ばかりではないようだ。少なくとも、天佑は味方をしてくれた。そのことに、ほっと胸をなで下ろす。

だが、これまで以上に言動には注意する必要がある。

「……ありがとうね」

翠蘭がそう言うと、天佑はくしゃりと笑い、「いいってことよ」と片目を瞑《つむ》ってみせた。

それから、おおよそ半月後のこと。

翠蘭は、この日も宦官《かんがん》に先導され、紅玉宮への路を歩いていた。

迎えに来るのはいつも同じ宦官《かんがん》で、初めて憂炎との謁見に臨んだ際に翠蘭を迎えに来た青年だ。

ほとんど口も利かず、名を名乗りもしないのだが――肖燗流《ショウランリュウ》、というのが彼の名であることは、憂炎との会話から知っていた。

どうやら彼は、憂炎の信頼厚い宦官《かんがん》であるらしい。従者として常に傍にいるらしく、翠蘭を迎えに行くなどという、お側から離れるお役目はどうも不服のようだ。

今夜もまた、無言のままの燗流の背中を追いながら、翠蘭は小さく肩をすくめた。

そのまましばらく歩いて行くと、やがて行く先に紅玉宮のすがたが見えてくる。

いつものように、こちらの姿を認めた衛士が重い門をゆっくりと開いてくれるため、相変わらず立派な建物だ、とぼんやり外壁を眺める。

行き来するのは翠蘭たちだけなので二人分の幅が開いた時点で通り抜ければいいと

思うのだが、いちいち全て開かねばならないらしい。しきたりだか何だか知らないが、難儀なことだ。

ようやく開ききったところで、二人はその敷地内へ足を踏み入れた。

そのまま、整備された庭院を通り抜け、憂炎の部屋まで辿り着く。

「お連れしました」

「入れ」

これも定番になった短いやりとりのあと、翠蘭は不服そうな嫺流に促されつつ入室する。すると、窓際に立って夜空を見上げていた憂炎が、ゆっくりと振り返った。

「来たな」

「……そういう約束だからな」

このやりとりも、毎度のことだ。翠蘭の答えに笑った憂炎は、傍にあった榻《こしかけ》に腰を下ろすと「こっちに来い」と手招きした。

「ほら、新作の菓子もあるぞ」

榻《こしかけ》の側にある卓子《テーブル》には、酒だけでなく甘味や果物も置かれている。それは翠蘭の嗜好を反映したもので、ここに通うようになってすぐ準備されるようになったものだ。

なかなか手に入りにくいものだけに心が揺れるが、翠蘭はあえて興味なさそうに視線を逸らすと、腰に手を当てて憂炎に問いかけた。

「……何か進展は?」

「せっかちだな」

憂炎はわざとらしいため息をこぼすと「そうすぐにはな」と呟き、再び自分の横をぽんぽんと叩いた。

「ほら、こっちに来い」

再びそう促され、翠蘭は仕方なくそれに従った。どちらにしろ、皇帝のお手つきという立場を維持するには、今夜も遅くまでここにいるしかないのだ。

(皓宇のことを知るためだもの……)

心の中でそう呟きながら、翠蘭はため息交じりに憂炎を睨みつけた。その彼は何がおかしいのかにんまりと笑いながら、「ほれ」と手にしていたものを唇に押し込んでくる。

「む、ぐ……っ?」

口の中にじゅわりと甘酸っぱい液体が広がる。それをこくりと飲み下し、翠蘭は軽く眉をひそめた。

　憂炎の元に通うようになってから、彼は時折こうした悪戯じみた行為をすることがある。おそらく、退屈を紛らわすためなのだろう。

　ただ、こちらに害をなすようなことや、意に染まぬ行為を強要されたりしたことはない。そういった面では、彼の事は信頼できる。おそらくこれも変なものではないだろう、と判断できた。

「なんだ、これ……」

「無花果だ。食べたことはないのか」

　そう言った彼の手元には、翠蘭の口に放り込んだのと同じ果実がある。それを少し指先で弄んでから、彼はおもむろにその身を割って見せた。

　外から見たのとは違い、中は赤く熟していて、なんだか少し気味が悪い見た目をしている。

　あれが口の中にあるのか、と少し苦い顔つきになった翠蘭を見た憂炎は、くすりと笑うとそれを今度は自分の口に放り込んだ。

「なかなか、甘みがよく出ていてうまいな」

目を細め、満足げに頷いた憂炎が、さらに残りの半分を口に入れる。その指先をなんとなく見つめていた翠蘭は、その後彼が浮かべた笑みにどきりとして、慌ててそこから目を逸らした。

どうにもいけない。ここのところ、こうしてうやむやのうちに二人でただゆっくりと過ごす、この時間に慣れつつある。

（なんで、毎日来いだなんて言うのだろう……）

床を見つめ、翠蘭はそう心の中で呟く。

そう、憂炎の「それでは、また明日」は来るたびお決まりの台詞となっており、結果的に翠蘭は毎日此処に足を運んでいるのだ。

今後調査の進展があって急に呼び出しても違和感を覚えられないように美帆のお気に入りである体裁を取りたいのだろうか、であるとか、それこそ子が出来るような行為をするために、であるとか、理由は色々と推測出来た。

ただ、女帝のお気に入りの婿という立場を維持するためだけなら、毎日でなくとも良いはずだ。

また、憂炎は初めて会った日こそ「子を産め」などと言っていたくせに、そうした行為を強要しようとはしなかった。

ただこうして、二人で他愛もない話をして夜を過ごすだけだ。

結果、翠蘭は、毎日毎日こうして紅玉宮に来て夜を過ごすことに何の意味があるのか計りかねていた。

こんなことに時間を割くよりも、皓宇のことをもっと早く調べて欲しい。そう訴えたことも一度や二度ではないが、そのたびに「調べはきちんと進めているから、安心しろ」と言われるだけ。

不満を燻らせつつも、翠蘭は迎えが来るたびに律儀に紅玉宮へと来てしまう。

彼の瞳に、自分と同じ家族を失った悲しみを見た、そのせいかもしれない。

放っておけない、ついそう思ってしまうのだ。

「おい、翠蘭?」

ぼんやりと考え事にふけっていたせいだろう。気付けば憂炎が、ほんのわずかに心配そうな色を滲ませてこちらを見つめている。

こんなに他人に感情を悟られやすくては、皇帝としては困るのではないか。そうならないよう、昼間は気を張っているのだろうか。

そんなことを思って苦笑を浮かべると、憂炎はむっとしたように唇をとがらせ、翠蘭の髪をぐしゃぐしゃにかきまわした。

きっちりと結い上げていた髪が乱れ、思わず渋面になる。

「おい、やめろ……っ」

「ふん、俺といるというのに、何を考えていた」

口先ではそんな暴君じみたことを言う憂炎だが、その行動自体は目の前にいる人間の気を惹きたい子どものそれと変わらない。

それが少しだけおかしくて、それでいて彼の本質を示しているような、そんな気がして胸が苦しくなる。

そんなふうに振る舞う、心根の優しい人間を、よく知っていたからだ。

（そうだな、皓宇にもそんな一面があった）

規模は違うが、皓宇もまた一族の次期長という立場であった。それだけに、人前では気を使っていたのだろう。反面、家の中では翠蘭に対し、ちょっとばかりわがままを言ったりすることがあった。

そんな弟の姿が、脳裏で今の憂炎に重なった。

つい、当時皓宇にしていたように頭を撫でてやれば、指の先にはさらりとした彼の髪の感触がする。

艶やかな見た目通り、指通りは滑らかで心地いい。少しひんやりとしたその感覚に目を細め、ゆっくりと手で梳いていると、憂炎が唇を尖らせて呟いた。

「なんなんだ、まったく」

そう口では言いながら、彼は翠蘭の指を振り払うことはせず、されるがままになっている。それどころか、気のせいでなければどこか満足げに目を細めてさえいた。

いつもは余裕ある態度の彼が見せるかわいらしい反応に、思わず口元が緩んでしまう。

「綺麗な髪だな」

そう呟けば、憂炎はふてくされたようにそっぽを向いてしまう。だが、振り払われたりしないのをいいことに、翠蘭はしばらくそのまま彼の髪の感触を楽しんだ。

しばらくして、珍しく明日の朝は早いという憂炎の都合に合わせ、この日は早めに彼の元を辞すことになった。

だったら今日くらい呼ばなければいいのに、と思いつつも、いつも通り宦官《かんがん》の周燗流に送られて部屋に戻る。彼が立ち去るのを見送った後、翠蘭は自室の扉を開いて中へと入った。

その途端、なんともいえない異臭が鼻をつく。

「またか……」

はあ、とため息をつくと、翠蘭は慣れた様子で掃除用具を取り出した。手早く床を綺麗に清め、それから窓を開けて空気を入れ替える。

こういう風に異臭を放つ何かを部屋にぶちまけられるのは、これが初めてではない。むしろ、これは嫌がらせとしては初歩の初歩。

憂炎に貰った衣が引き裂かれていたこともあれば、直接足をかけて転ばされたこともある。

そういった地味な嫌がらせは、ここ半月の間にかなりの頻度で起きていた。

「今日は早く戻ったから、ないかと思っていたんだけれど……」

窓枠に手をついてぼんやりと外を眺めながら、翠蘭はそう独りごちた。どうやら今日の相手は、ずいぶんと早いうちに仕込みをしていったらしい。

いまだ手狭な室住まいの翠蘭であるから、隣にも人が住んでいるというのに大胆なことだ。しかもその隣人である天佑は、表立って翠蘭をかばってくれる数少ない人間でもある。

体格も良く、顔の広い彼は周囲から一目置かれている。おまけに、翠蘭は詳しくないのだが彼はもっと位の高い夫候補のなかに親戚がいるらしい。

その天佑に見つかれば、位の低い夫である翠蘭相手の嫌がらせであっても、宮正《きゅうせい》による懲罰を受ける可能性はあった。

「よくやるよ……」

はあ、とため息が唇からこぼれ落ちる。

こんな時間にあまり長々と窓を開けているわけにも行かず、翠蘭はほどほどのところで窓を閉め、かちりと音を立てて鍵をかけた。

と、そこへ扉を叩く音がする。

こんな夜も更けた時刻に、ひとの室を訪ねてくるとは珍しい。もしかしたら、ほかに嫌がらせをしようとしている者だろうか。

（いや、それならわざわざ戸を叩いたりはしないか……）

そうは思うが油断はできない。

警戒して息を詰めた翠蘭の耳に、外から少し小声で名前を呼ぶ男の声が聞こえてきた。

「皓宇、戻っているのか」

「……天佑？」

声の主は、先ほど脳裏に浮かんだ男、隣人の天佑であった。ただ、いくら隣とは言え彼がこんな風に翠蘭の部屋を尋ねてくるのは珍しい。

（しかもこんな時間に……？　なにかあったのかな……？）

翠蘭は首を傾げつつも、警戒を緩めて部屋の扉を開けた。しかし、驚いたことにそこにいたのは天佑だけではない。他にも顔を見たことのある男が二人ほど、その後ろに立っている。

外は月が出ていて少し明るいが、逆にそのせいで彼らの表情が陰って見えない。そのことが、うっすらと恐ろしさを感じさせた。

どくん、と心臓が嫌な音を立てる。冷や汗がじわりと滲み出て、翠蘭は無意識に後《あと》退《ずさ》った。

急に喉が渇いたような気がして、ごくりとつばを飲む。

「え、なに……どうし……」

「悪いな、皓宇」

翠蘭の声を遮るようにして、天佑は冷えた声でそう言った。そのまま伸びてきた手に腕を掴まれ怯んだ翠蘭は、押し込まれるようにして室内への侵入を許してしまう。強引に押されてよろけそうになった翠蘭を片手で支え、にやりと笑みを浮かべる。

それに続くようにして、後ろにいた男二人も中へと入ってきた。

本能的に怖れを感じ、つかまれた腕を振り払おうとした翠蘭だったが、さすがに周囲から一目置かれるほど体格の良い天佑相手では、まったくといっていいほど歯が立たない。

「どっ……どうして……」

「悪いな、俺もこんなことはしたくはないんだが」

そう言いながらも、天佑の視線は舐めるように翠蘭の身体をなぞる。その視線の悍《おぞ》ましさにぞっとして、ひやりと背筋が冷たくなった。

そのおびえを感じ取ったのか、彼の口元に残忍な笑みが浮かぶ。

「どうしても、おまえを使い物にならないようにしてやれ、と仰せの方がいてな」

「使い物って……っ」

「なに、ここじゃ珍しくもない。男同士の交合も、悪くないぜ」

「お、男同士って……なんだよ、それっ……！」

そんなものがあること自体、翠蘭にとっては知識の外だ。だが、それでも自分の身が危ういと言うことだけは間違いなくわかる。

しかも――翠蘭の場合、本当は女なのだ。裸にされてしまえば、それが露見してしまう。

（まずい……！）

なんとしてでも逃げなければ。そう思うが、恐怖に震える手足には思ったように力が入らない。

天佑だけでなく、他の二人も加わって押さえつけられれば、翠蘭に勝ち目などあるはずもなかった。

下卑た笑いを浮かべた彼らの手が、袍の襟元をくつろげ、脱がせようとしてくる。

その手が触れる感触が気持ち悪くて、翠蘭の目に涙が浮かんだ。

(やだ……やだっ……！)

「なんだこいつ、晒《さらし》なんか巻いてやがる」

「っは、どうしたこれは……女みてえに細っこい肩だな」

すっと肌を撫でられて、怖気が立つ。叫び声を上げたくても、声が出ない。

そもそも、翠蘭が叫んだところで、この後宮内で翠蘭を助けてくれる人などいるはずもない。むしろ、翠蘭がいなくなれば、と考えている人間がこの場に増える可能性すらあった。

(信じてたのに……っ)

そんな、敵だらけになった後宮の中で、唯一信じられると思っていた相手。その彼が今、翠蘭を襲っている。

その事実に目の前が真っ暗になった。

奥歯を噛みしめ、翠蘭は目の奥から滲みそうになる涙を必死に堪えた。

(いやだ、こんなの……っ、だってまだ、目的を果たせていないのに……っ)

自分がこの後宮を去る——もしくは死ぬときは、家族の復讐を果たしてから。

そう心に決めていたというのに。こんなところでその道が潰えてしまうなんて、そんなこと……！

「く、うっ……」

しかし、現実は非情だ。いくらあがいてみても、彼らの腕からは逃れられない。

いよいよ晒《さらし》に指をかけられ、翠蘭はぎゅっと目を閉じた。それを取られてしまえば、すぐに翠蘭が女だと言うことは露見する。

そうなれば、彼らの慰みものにされるだけではなく、性別を偽り皇帝を謀った罪で処罰されるだろう。

いや、それだけではない。

はっとして、翠蘭は目を見開いた。

そうだ、そうなると——憂炎はどうなる。翠蘭を毎晩呼び、褥《しとね》を共にしていると思われているのに、自分が女だとばれれば彼にもまた疑惑の眼差しが向けられるのではないだろうか。

後宮に女が入り込んでいることを知っていて黙っていた、と非難されるだけなら、申し訳なさはあるが、まだ良い。

女帝が寵愛していると思われていた『皓宇』が女だった、では『美帆』の性別は、と言い出さない人間が、いないとは言い切れない。

これまで女帝しか誕生しなかった朱華国の皇帝の座に、男が座っている。それが露見すれば、彼もただでは済むまい。

（憂炎……！）

心の中で強くその名を呼んだとき、ひゅうっと風の鳴るような――あるいは鳥が羽ばたくときのような、そんな音が翠蘭の耳を打った。

（え？）

その音がいったい何なのか理解するよりも先に、翠蘭にのしかかっていた天佑がふっと視界から消え去る。え、と思ったときには、ひえっという叫び声と、それから何かを殴るような音が辺りに響いた。

何が起きたのか分からず、翠蘭は困惑して震える身体をゆっくりと起こす。

すると、ばんと開け放った扉から、天佑をはじめとした男たちが慌てたように逃げ出していく後ろ姿が見えた。

呆然とその姿を見送っていると、背後から声をかけられる。

「大丈夫か、翠蘭……！」

心から彼女を案じる、優しい声。何度も耳にして馴染みのあるそれは、憂炎のものだ。はっとして振り返れば、そこには男の格好をした憂炎がはあはあと息を乱して立っている。

彼は翠蘭の姿を見ると、ちっと小さな舌打ちをして上衣を脱いだ。それを翠蘭の肩にかけると、怒りに燃える瞳で男たちの逃げた方向を睨みつける。

「くそ……逃げ足の速い奴らだ」

そうため息交じりに呟くと、彼はこちらに視線を戻した。それを呆然と見上げ、翠蘭は目を瞬かせる。

「ど……どうして……」

「俺のところに落とし物をしていたから、届けに……いや、そんなことより、おまえは大丈夫か……怪我なんかはしていないか?」

そう問いかけられ、翠蘭ははっとして自分の身体を見おろした。特に痛い箇所はないと思っていたが、押さえつけられていた腕には指の跡が残っている。この分だと、もしかしたら明日にはあざになっているかも知れない。そう思ったとき、憂炎がそっと指を伸ばし、その跡をなぞった。

「すまない、もう少し早く来ていれば……」

「ううん……ありがとう。あ、憂炎こそその指、怪我している。ちょっと見せて」

おそらく、天佑たちを殴ったときに痛めたのだろう。少しすり切れて血の滲むそこに手をかざし、翠蘭は目を閉じて意識を集中させた。ほわっと目の奥に柔らかな光が浮かび、それがどんどん広がってゆくのが感じられる。

「お、おい……？」

憂炎の戸惑う声がしたが、翠蘭はそのまま集中し続けた。

やがて手のひらにほんのりと感じていた熱がなくなると同時に、指の辺りにずきりと痛みが走る。

（結構痛いな、これ……）

翠蘭が引き受けてこれほどの痛みがあると言うことは、相当強く殴ったのだろう。

彼に気付かれないうちに、と手を引っ込めようとした翠蘭だったが、すっと目を細めた彼に逆に捕まって、その手にある傷を見られてしまう。

「おい、この傷……さっきまではなかっただろう」

どう答えるべきか悩み、黙り込む。数秒の逡巡が、憂炎に事実へと辿り着く時間を作ってしまう。

「……まさかこれは、俺の傷か」

言い当てられて、翠蘭は俯いた。彼に治癒の力のことは話したが、それがどういったものかまでは教えていない。

「その力……自分の身に、傷を引き受けるものなのか？」

憂炎に尋ねられ、翠蘭は俯いた。現状を見られている以上、否定しても意味は無い。

こくりと頷くと、憂炎はそっと手を伸ばし、こちらの反応を確かめるようにしながら柔らかく抱きしめた。

「それを、そのまま隠そうとした、ということは――移した傷をたちどころに癒やす、ということはできないんだな？」

それは、質問という形を取ってはいたが、ただの確認に過ぎなかった。彼の中ではもう、そういうものだと理解をしてしまっている。

翠蘭は唇を噛み、頷いた。

「症状は半分程度に軽くはなるし、引き受けた傷は普通のものより早く治る。これくらいなら、一日もあれば完治するはず。けれど、死に至るほどの傷や病は、癒やしきることはできない……」

口にすると、脳裏に父の最期の姿が蘇った。あの時、翠蘭は必死に癒やしの力を使って傷を引き受けたものの、完全に癒やしきることはできなかった。

当時の翠蘭は癒しの力に目覚めたばかりで、本当に少しずつしか引き受けられなかった、というのもある。しかし、仮に今と同じ力があっても、父は救えなかっただろう。

完全に使いこなして尚、致命傷となる傷は一度には引き受けられない。そして、自身で引き受けた傷を癒やしている間に新たな傷を引き受けることは、どうしてもできないからだ。

思い出す。僅かなりとも傷を引き受けて父の命を繋いだのに、自分自身の傷を癒している間に、父がどんどん弱っていく。自分が移せる傷の程度とすっかり気落ちしてしまった父の体力を考えれば、移しきるより先に父の命が尽きてしまうと察しながらも、どうしても力を使うことを止められなくて――

ぽたり、と水滴がこぼれ落ち、彼のかけてくれた上着を濡らす。それが自分の目からこぼれ落ちる涙だと理解するまで、しばらくの時間がかかった。

自覚すると同時に、ぶわりと涙があふれ出し、どんどんと流れ出してゆく。

「うっ……うわあ……っ」

「よしよし……我慢するな……」

こうして泣くのは、いつぶりだろう。父が死んだときも、母が死んだときも――皓宇の死を知らされたときも、泣くことなどなかった。できなかったのに。

わんわんと声をあげて泣く翠蘭の背を優しく撫でながら、憂炎は彼女が落ち着くまでずっとそうしていてくれた。

第四話　心を交わす

ほどなくして、翠蘭は紅玉宮に近い天青宮へと住まいを移された。ここには翠蘭以外の夫候補は住んでおらず、ほぼまるごと宮を与えられた形になる。

通常、宮を与えられるほどの待遇を受けられるのは、夫候補の中で一番地位が高い四夫君《よんふくん》のみ。それを思えば、異例の好待遇だ。

しかも、天青宮は三代前の皇婿が暮らしていた宮である。それから使われていなかったはずだが、それにしては綺麗に保たれていた。

ここを与えられたのは翠蘭の安全を確保するためだ。だが、他の夫たちからすれば限りない寵愛の証に見えるだろう。

そのうえ、そこに憂炎が足繁く通ってみせるのだ。

こうなれば、もう翠蘭へ嫌がらせを行おうという気概のあるものはほとんどいない。下手に翠蘭と対立するよりも、同じ陣営となって皇帝の覚えを良くするほうが、よっぽど現実的だからだ。

実際、直接嫌がらせに関わっていなかった宮官《きゅうかん》たちは、こぞって翠蘭の宮で働きたいと申し出てくるものばかりである。

だが、翠蘭はそれを全て断っていた。

理由は簡単で、身の回りの世話をする宮官《きゅうかん》がいては、自身が女であることがばれる確率が高いからだ。

それに、認めたくはないが、天佑に襲われかけたことがまだ尾を引いている。

周囲に男が近寄ると、ぞっとしてしまって足が竦むのだ。

そもそも、自分のことは自分でできる。人がいれば、うっとうしいだけだ。

「まあ、おまえの好きなようにすると良い」

憂炎は部屋を訪れると、笑いながらそう言った。

自分の部屋ではないからか、彼は女帝としての装いをしている。それはもしかしたら、男に拒否感を示す翠蘭のためなのかも知れない。

正直なところ、助けてくれた憂炎であっても、男の姿では固まってしまうかもしれない。美帆としての格好でいてくれると迫力のある美女にしか見えないため、率直に言えば同性と話しているようで気が楽だ。

天青宮に着替えを置くことも出来るのに、翠蘭を怖がらせないために二人きりのときも女帝としての振る舞いを続けているのだとしたら。

それに思い至り、翠蘭の胸がきゅっと音を立てた。

（どうして、そんな風に優しくしてくれるの……？）

性別を偽り続けたまま子を成すのに翠蘭が絶対に欠かせないから――とは思わない。

確かに彼は、翠蘭に「俺の子を産め」と言っていた。けれど、それは翠蘭でなくてもいいはずだ。

密かに女性を引き入れて子を成すくらい、やってできないことはないだろう。

翠蘭が女だということがわかるまでは、おそらくはその路線で動いていたはずだ。

ひそかに紅玉宮へと女性を手引きすることと、女である翠蘭を妊娠するまで後宮に置いておくこと、どちらが楽かはともかく、露見しやすいのは後者ではないか、と思ってしまう。

だが、見知らぬ女性が憂炎の傍に侍《はべ》る姿を想像して――翠蘭は咄嗟に「嫌だな」と思ってしまった。

（な、なによ……嫌って……）

「おい、翠蘭？」

「な、なによ！」

動揺しているところに声をかけられ、思わず大声を出してしまう。更には日頃気を付けている口調も本来のもので返してしまった。

当然、憂炎は面食らったような顔をする。

そして「いや……」と小さく呟いて続けた。

「俺がいるというのに心ここにあらず、といった様子だからな。気になっただけだ」

「そんな、ことは……ない……」

言葉の軽さとは裏腹に、憂炎の目には翠蘭を心配する色が浮かんでいる。答える途中でそれに気付いてしまい、翠蘭の言葉尻はなんとなくふにゃふにゃと、弱いものになってしまった。

これでは、何かあったと言っているようなものだ。

実際そのとおりではあるのだが、認めたくない翠蘭の顔にかっと血がのぼる。

「ほんとに！　なんでもないから！」

「ふうん……」

力の限り叫んで、翠蘭はふいっとそっぽを向いた。だが、心臓がどくんどくんと早鐘を打ち、顔の熱もなかなか冷めない。

「どうした?」

からかうような憂炎の口調に、全てを見透かされているような気がして、翠蘭はぷいっと顔を背けると「知らない」と小さな声で呟いた。


そんなふうに、平和な日々を送っている間にも季節はだんだん移ろっていく。

天青宮を住まいとしていたかつての皇婿は「花愛でる婿」の二つ名で呼ばれていたといい、庭院には草木が沢山植えられている。

翠蘭は廊下に出ると、欄干にもたれてその庭院を眺めた。

今日は正六位の身にはとても貴重な休みの日だ。

まだ昼を少し過ぎたばかりということもあり、庭院に降り注ぐ太陽の光は眩しい。

その光を反射する水辺には柳、周囲に梅や花桃といったかわいらしい花を付けるものが植えられていた。

この宮の庭では手狭だが、皇城内で一番広い庭園には大きな池があり、季節になるとそこに舟を浮かべて花々を鑑賞する宴が催されるのだとかいう話をきいたことがある。

だが、この時期はどちらも枯れ木の様相だ。その代わり、更に奥には橙色の小さな桂花が咲き誇り、甘い香りをただよわせている。

その香りに、過去の記憶が呼び起こされた。

（皓宇は、この匂いが好きだったな……）

この季節になると、村のあちこちに自生している桂花が同じように芳香を放っていた。

皓宇曰く、桂花は薬にもなるのだそうで、彼はそれを摘んできては香り袋を作ったりしていたものだ。

乾燥させて茶に混ぜたり、蜜煮を作ったりすることもあった。

よく味見をさせられたことが思い出され、くすりと小さな笑みが唇からこぼれる。

弟を喪った悲しみは未だ癒えないが、ようやく、楽しい思い出は楽しいものだったと、切り分けて追想する余裕が生まれて来た。ひとつの季節を皇帝に近い位置で過ごしたことで、憂炎の人となりを知り、調査が本当に難航しているだけでいつかは彼が真実のひとかけらなりとも持ってきてくれる、と信用できるようになったからかもしれない。

「そうだ……」

久しぶりに、作ってみるか。昔は皓宇の手伝いをしていたから、手順くらいは知っている。

そう思って庭院に降りようとしたところで、後ろから呆れたような声に呼び止められた。

「おい、翠蘭。何しているんだ」

その声に振り返ると、果たしてそこに立っていたのは女装姿の憂炎であった。普段なら礼など取らない翠蘭だが、一応室外ということもあり、慌てて面を伏せ、拱手する。

だが、憂炎はそんな翠蘭に向かって「やめろやめろ」と首を振った。

「おまえにそんな態度をとられると、まだ公の場にいるみたいで肩が凝る」

ただでさえ、この姿でいるのは疲れるのに。そう続けた憂炎は、ぐるりと首を回すと、トントンと自らの肩を軽く叩いた。

ふう、と漏らしたため息が年寄り臭い。思わず笑うと、憂炎は顔をしかめた。

「いいのか、そんな態度をとって。おまえが以前好きだと言っていた、棗泥酥《ザオニィスゥ》を持ってきてやったのに」

「え、ええっ……⁉」

憂炎の言葉に、翠蘭は飛び上がると足早に彼の元へ近づいた。よく見れば、確かに彼は何か包みをその手に抱えている。

ふんわりと香る甘い匂いに、ひくひくと鼻を蠢《うごめ》かせていると、憂炎はぷっと吹き出し、「ほら」と包みの口を開けて見せた。

中から出てきたのは、花を象った棗泥酥《ザオニイスゥ》だ。かわいらしい姿に、思わず歓声が唇から零れる。

「わあ、すごい……！」

「さ、中に入って茶でも飲みながら食べよう」

手を伸ばしかけた翠蘭を軽くいなし、憂炎は包みを掲げるとさっさと正殿の中に入っていってしまう。

「あ、おい……」

翠蘭は慌ててその後を追いかけた。

ぱたんと閉じた扉を背に、衝立の奥を覗き込めば、憂炎はだらしない格好で牀榻《ねだい》にもたれかかっている。

せっかくの美女と見まがう姿も、これでは形無しだ。小さくため息をつき、翠蘭は彼の近くに寄ると、乱れた裙の裾を治してやった。

「ほら、もう少し気をつけないと」

「ああ、面倒くさい……」

はああ、と深く息を吐いた憂炎は、纏《まと》っていた被帛《ひはく》を牀榻《ねだい》の上に落とすと、そこにどっかりと座り直し、胡座を組んだ。

そうすると、開いた裙の裾から意外に逞《たくま》しい筋肉のついた足がちらりと見える。

そこに肘をついたかと思うと、手の甲に顎を乗せ、彼は「まったく」と忌々しげに独りごちた。

「こんな格好をしているから、しずしずと歩かなければならない。走ったり飛んだりは御法度だ」

かさかさと包みを解き、先ほど翠蘭に見せた棗泥酥《ザオニィスゥ》を一つ手に取る。それをこちらに差し出しながら、憂炎は反対の手でもう一つ持った。それに豪快に齧りつくと、もごもごとそれを咀嚼する。

「お、おい……」

どうやら、今日の憂炎はずいぶんと鬱憤が溜まっているようだ。

（まあ、仕方ないわよね……）

こうして彼を側で見るようになって改めて感じたことだが、皇帝というのはただふんぞり返って偉そうにしていれば良いというものではない。

特に憂炎は、政策の全てに目を通している。房から紅玉宮に呼び出されていた頃、書類を持ち帰った彼が、自室でそれを読み込んでいる姿を見たこともあった。それに加え、疑問点があれば担当者と話をするなど、自身が積極的に関わるようにしているらしい。

政《まつりごと》に詳しいわけではない翠蘭だが、おそらくは、臣下に任せて結果報告だけ待っていればいい案件も都度進捗を確認して行き詰まることのないよう手配するような、そんなきめ細かい指示をしているのではないだろうか。

そのあたりについては、燗流から主自慢として聞かされたこともある。初めて彼がそんな話をしてきたときは、それまで雑談らしい雑談を振られなかったこともあり、「陛下のお邪魔になるようなことをするな」という警告かと身構えた。しかし、何度か会話を交わすうち、その意図がなかったわけではないが、単に憂炎が見初めた相手に彼の話をしたかった、ということだと理解した。

更に言えば、翠蘭が憂炎の邪魔をすれば、皇帝の政務調整を行う燗流も被害を受ける。翠蘭が政《まつりごと》に精通しているとはとても言えない以上、仮に十割警告であっても彼には言う権利があったと思っている。

まあ、翠蘭の推測も含まれてはいるが、少なくとも憂炎が日頃から忙しいことは事実のはずだ。それに加え、今は皓宇の事についてもいろいろと探ってくれている。

以前は、そのあたりの事情も慮らず、早く皓宇のことについて調査を進めて欲しいと言っていた翠蘭ではあるのだけれど、そういう姿を知ってしまえば、あくまで翠蘭個人の事情でこれ以上急かすのは気が引けた。

復讐のためとはいえ、後宮に潜り込んでから決して少なくはない時間、好機を窺うのに費やしてきたのだ。

それを思えば、彼を信じて待つくらい、できない事ではない。

ふ、と小さく息を吐くと、翠蘭は彼から受け取った棗泥酥《ザオニィスゥ》をそばにあった卓子《テーブル》に置き、かちゃかちゃと音を立て、茶の準備を始める。

湯を沸かし、茶葉を蓋碗に移すと、そこに湯を注ぎ入れた。

しばらく待って、良い香りがあたりに漂いだしたら、濃さを均等にするため茶海に移してから杯に注ぐ。

それを憂炎の近くに置いてやると、彼はふうふうと軽く息を吹きかけてから一気にそれを飲み干した。

それからしみじみとした様子で、ため息交じりに口を開く。

「……おまえも、大変だろう？　男の格好をするのは」

「ん？」

突然自分に話が飛んできて、翠蘭はぱちぱちと目を瞬かせた。すると彼は、肩をすくめて胸のあたりを軽く叩く。

「俺はここに詰め物をしていて……まあこれも、そこそこ重たいんだが……」

「ああ」

なるほど、立派な膨らみを作るには、それなりに詰め物をしなければならない。ここに来た時に肩を動かしていた憂炎の姿を思い出し、翠蘭はなるほど、と頷いた。

「大変だな、それは」

「ああ、全く……」

肩が凝って凝ってたまらない。

そう言うと、憂炎は再び牀榻《ねだい》にだらしなく寝そべった。

「それだけじゃない。急ぎの時にも、ちょっと大股で歩こうものなら『はしたない』と駄目出しされる。裾を持って走るなんて御法度だ」

そうブツブツと彼が続けるのに、翠蘭は小さく肩をすくめた。

「まあ、本来の姿で生活できないというのは、結構大変だよな」

わかるよ、と呟き、近くにあった榻《こしかけ》を引き寄せると、翠蘭はそこに腰を下ろした。

背もたれに身体を預け、小さく息を吐くと、自身の胸元に手を当てる。

外からは見えないが、この上衣の下には晒《さらし》がきっちりと巻かれている。身体の線を隠すため、必要だからしていることなのだが——これが案外息苦しいものなのだ。

最初のうちは慣れなくて、きつく巻きすぎてしまい、本当に息ができなくなってしまったことさえある。

すぐに部屋に戻って晒《さらし》を緩めたが、このまま本当に男としてやっていけるのか、不安になったものだ。

そんな事を話すと、憂炎は「だよなぁ～」と大袈裟なまでに頷き、だらしない格好のまま棗泥酥《ザオニィスゥ》にかぶりついた。

それを見て、翠蘭もまた「そうだった」と思い出したかのように卓子《テーブル》の上から棗泥《ザオニィ》酥《スゥ》を手に取り、口に運ぶ。

「うまい……」

棗餡は、ほんのりと果物っぽい爽やかな味わいだ。そして、それでいて深い甘みも感じられ、すっきりしていて食べやすい。

思わず頬が緩む。食べるのに夢中になっていると、起き上がった憂炎が自分で茶海から杯に茶を注ぎ入れた。その茶杯を手に、こちらを見つめた憂炎がにやにやとした笑みを口元に浮かべる。

「いい食べっぷりだ」

「うるさいな」

なにしろ、後宮では甘味はなかなか手には入らない。

実家の太い婿の何人かは、差し入れとして定期的に送られてきたりしているようだが、翠蘭にはそんなものはない。

ただ、指をくわえて羨むくらいしかできなかったのだ。

「それで、何をしてたんだ」

「え？」

「庭院に行こうとしていただろう。花を見るだけなら降りる必要はない」

憂炎の口調は咎めるものではなく、単に疑問として残っていたから聞いた、という風情だった。

だからつい、口が滑る。

「桂花を摘みに行こうと思って」

「桂花を？」

「うん、皓宇が……」

そこまで言ってはっとする。『皓宇』はここでは自分の名だ。憂炎以外の人間が近くにいるわけではないが、万が一にも誰かに聞かれていたら一大事だ。

あたりを見回す翠蘭を憂炎が制する。

「燗流は別の部屋で待機だ。大声を出さない限り聞こえない。聞こえたところで、あいつは俺の性別も知っているしな。そもそも、他人の目を気にするなら今までの会話も駄目だろう」

「あ、そうか」

ほっとする翠蘭に、茶を飲みながら憂炎が尋ねる。

「それで？　おまえの弟のほうの皓宇がどうしたんだ？」

その声は優しく穏やかで、翠蘭はつい、促されるままに皓宇の話をした。

癒やしの異能に頼り切りにならぬよう、薬草のことを学んでいたこと。それから、その知識を活かし、自分のために香り袋を作ってくれたことなどだ。

ひとつひとつは大したことのない思い出だが、今となっては懐かしくも大切な記憶だ。

そう思い、目を細めた翠蘭に向かって、憂炎はふと何かに気付いたかのように呟いた。

「桂花で……？」

「うん、そう。中央ではやらない？」

「そうだな、……いや、覚えがない」

彼は微かに首をひねって何かを思い出そうとする様子を見せたが、すぐに首を横に振った。おそらく、どこかで話を聞いた、程度の記憶がひっかかったのだろう。

そこから会話が他愛の無い思い出話に流れたところで、憂炎は「なるほど、そういうことか」と呟き納得したように頷いた。

その意味がわからず、翠蘭は首を傾げる。

「何がだ？」

そう問い返すと、彼はくすりと笑い、翠蘭の口元を指さした。

「その、おまえの喋り方だよ。わざと荒っぽい言い方を強めてるんだろうが、粗雑な印象はなかったし、それでいて女っぽさもない」

あ、これは褒めてるんだからな、と補足を挟んで、憂炎は続ける。

「おまえが弟をよく見てたから、根本的なところで弟の気性が滲んでるんだな。優しい男だったんだろう」

「……うん」

何気なく言われて、一瞬言葉に詰まった。

皓宇は優しい子だった。自分が攫われる刹那にさえ、家族を案じて自分に託すような性格をしていた。こうして穏やかな気持ちで思い返せば、記憶の中の皓宇は笑い顔ばかりだ。

その面影に、胸がきゅっと切なくなる。目の奥がじわりと熱くなり、翠蘭は軽く目を伏せた。

「だよなぁ、……やっぱりどうしても、近しい家族の影響はあるよな」

「憂炎も？」

「ああ。俺の場合は母だ」

そんな翠蘭の様子に気付いているのかいないのか、憂炎は懐かしそうに目を細めると、自身のことについて口にする。

なるほど、と翠蘭は頷いた。彼の女帝としての振る舞いはかなり堂に入ったものだと想っていたが、先代女帝の影響によるものだったらしい。

「……先代は」

「うん？」

「先代の皇帝陛下は、どんな方だったんだ？」

そう問うと、憂炎は何か言いたげな顔をした。すぐにその理由を察し、慌てて首を振る。

もう、先代皇帝を仇だとは思っているわけではない。ただ――

「私から見た陛下とか、一般的な評価じゃなくて、……憂炎の家族の話が聞きたい」

素直にそう言えば、憂炎は瞬きをした後、心底嬉しそうに微笑んだ。

「聞いてくれるか」

「……うん」

憂炎も、話せる相手が限られていたのだろう。健在だった頃の母はこうで、ああで、という彼の語り口には、皇族としての重責や性別ゆえの秘密を抱えながらも、仲睦まじい親子の在りし日が窺えた。

同時に、彼の闊達で奔放なところ、親しい人間ほど振り回す癖も母親譲りかもしれないことが知れて、そこは似てほしくなかった、と冗談交じりに息をつく。

「おまえが菓子や果物で人を買収できると思ってるのは母上譲りか……」

「いや？　少なくとも俺は翠蘭にしか効くと思ってないな」

「もっと悪い」

「おまえが分かりやすく目を輝かせるからだろう」

そう言われてはこの後宮でどれほど甘味が貴重品か力説するしかない。

正確には、この後宮で翠蘭のような地位の者にとっては、だが。

滔々《とうとう》と訴えていると、憂炎はしばし考え込んだ後、にやりと笑うと「なるほど」と呟いた。

「だったら、買いに行けばいい」

「買いに……？　馬鹿なことを言うな」

彼の言葉に、翠蘭は顔をしかめた。官吏や宦官《かんがん》ならばいざ知らず、後宮に入った婿たちは、外出すら厳しく制限される身だ。

皇帝である彼が、それを知らないはずもないだろう。

だが、憂炎はにやにやと笑うと「楽しみにしていろ」と告げ、牀榻《ねだい》から勢いよく立ち上がった。そのままいそいそとした足取りで室を出て行く。

残された翠蘭は、ぽかんとしながらその後ろ姿を見送った。

「なんだあいつ……？」

突然来たかと思えば、いなくなるのも突然だ。翠蘭は呆れ混じりにそう呟くと、棗《ザオ》泥酥《ニィスゥ》を再び口に運んだ。

まあ、何か思いついて帰っていったのなら、少なくとも巻き込まれるのは明日以降だろう。今日はこのままのんびり休暇を満喫しよう。

——そう思って、いたのだが。

それから二刻ほど経った後、憂炎は再び天青宮に姿を見せた。だが、先程とは違い、地味だが品の良い男物の袍を身に纏《まと》っている。

その背後には、不機嫌そうな表情を浮かべた燗流も一緒だ。

「憂炎、その格好は……？」

こんな時間に、そんな格好をしていて大丈夫なのか。

驚きに目を瞬かせた翠蘭に向かって、彼はにやりと笑うと燗流の手から荷物を奪い、それをこちらに押しつけてきた。

「行くぞ翠蘭、まずはそれに着替えろ」

「は？」

突然の命令に、翠蘭が素っ頓狂な声をあげる。その声と重なって、燗流が大きなため息をつくのが聞こえた。

「……この手際の良さ、さては常習犯だな？」

「さてな」

肩をすくめてとぼけた返答を寄越す憂炎に、翠蘭は小さなため息を漏らすと、自分の身体を見おろした。

今翠蘭が身に着けているのは、団花模様がかわいらしい青い上襦と、少し黄みがかった白の下裙という、ごく一般的な女性の装いだ。

つい半年前までは日常的に身に着けていたものだというのに、久しぶりなせいかなんだか落ち着かない。肩からかけた披帛《ひはく》をぎゅっと握り締め、翠蘭は胸の前でそれをかき合わせた。

それに気付いたのか、振り返った憂炎が軽く目を眇める。

「寒いのか？」

「い、いや……そういうわけでは」

確かに、秋の初めということもあり、気温はあまり高くなく、風も少し吹いてきている。だが、涼しいと思う程度で、寒いとまでは感じなかった。

それは、周囲に行き交う人々の熱気も理由の一つかもしれない。

ざわざわとした喧噪、人と荷運びの馬や牛の足音に、車輪のぎしぎしと軋《きし》む音。

それらを眺め、翠蘭は「すごい……」と小さな声で呟いた。田舎暮らしの長かった自分にとっては、あまり馴染みのない光景だ。

朱華国の皇都は、周囲をぐるりと壁に囲まれており、その正面から皇城までは大きな通りが一本、真っ直ぐに走っている。

始祖の名を冠し、朱雀大路と呼ばれるそこを中心に、皇都のなかは東西に大きく分けられていた。

区画は碁盤の目のように整理されており、路も整備されている。

大勢の人々が行き交い、活気溢れる皇都であるが、その中でもひときわ人出が多いのは、東西それぞれに存在する、市場だ。

東の市と西の市。

日々の暮らしを支えるその市場の片方――西の市に、今二人は訪れていた。

二大市場の片方ということで、夕暮れ間近の今もまだ、市の中は多くの人が行き交っている。はるばる西方からやってきた胡人、つまり一見して朱華国の外から来たと分かる者の姿も、ちらほらその中に混じっていた。

物珍しげにきょろきょろとあたりを見まわす翠蘭の様子に、憂炎が軽く笑うのが気配でわかる。

むっとして軽く睨むと、彼は肩をすくめ「ほら、こっちだ」と先に立って歩き出した。

皇城の北側にある、寂れた小さな門。衛士すら立っていないそこからひっそりと抜け出して、ここまで迷いなく歩いてきたところを見るに、憂炎は忍び歩きを常習的に行っているのだろう。

働きづめで休む暇もないのではと思っていた翠蘭の、遠慮と労わりを返してほしい。

（まあ、女の格好は肩が凝るって、散々愚痴っていたものなあ）

昼頃にぐだぐだと話していた内容を思い出し、翠蘭は心の中でそう呟いた。

どうやら今日は、彼の息抜きに付き合わされることになったようだ。

まあ、四六時中遊び惚けているわけではないことはここ数か月でよく分かっている。日々精力的に働いて、上手に息抜きをしている、というほうが正しいだろう。

それなら、彼の仕事を増やしている身だ、これが効率よく仕事を進める活力になるなら同行もやぶさかではない。

そう思った時、ふと脳裏にあの夜の事が思い浮かんだ。

井戸の側で水浴びをしているのを、彼に見られてしまった日のことだ。

（もしかして……あの時、井戸の傍を通っていたのは、帰り道だったのかな……？）

それならば、普段は誰も来ないような後宮の端に彼がいた理由もわかるというものだ。

肩をすくめた翠蘭は、留守を任された燗流の苦い顔を思い出し、もう一度小さく息を吐き出した。

天青宮に住むようになってから、燗流とは関わる時間が増えている。以前に比べ、態度が軟化してきているような気がするのは、もしかしたら憂炎に振り回されている同士としての共感が彼の中に生まれているせいなのではないだろうか。

翠蘭は彼の顔を思い浮かべ、口の端に苦笑を浮かべた。

(あながち間違いではないのかもしれない……)

燗流は、幼い頃からずっと憂炎に仕えてきたという。どれほど高官であっても基本的に秘されている彼の性別とそれにまつわる事情についても、ほぼ最初から知っているのだそうだ。

事情まではまだ聞いていない翠蘭は、それを聞いた時、自分よりも国の今後が絡む重大な秘密を抱えている燗流に、本気で同情した。自分同様、かつての燗流にも秘密を知るかどうかの選択権はなかったのでは、と思ったからだ。

仮に燗流が自ら望んで共犯者ともいえる関係になったとしても、それだけ時間を共にすれば、さぞかし気苦労も多かったことだろう。

ぼんやりとそんなことを考えていた翠蘭は、横を歩いていた憂炎に突然腕をつかまれた。そうかと思えば、ぐいっと引き寄せられて、小さな悲鳴を上げる。

それと同時に、乱雑な言葉の怒声が浴びせられた。

「おい、気ィつけろ！」

声を荒らげた相手の顔は分からない。

何故なら引き寄せられた勢いで体勢を崩した翠蘭は、憂炎の胸に飛び込むような形になってしまったからだ。

そうすると、衣服に焚きしめているのだろう。彼の暖かな体温と共に、沈香の匂いがほのかに漂ってくるのがわかる。

菓子を持ってきたときに覗いた、足の筋肉の付き方からして、見かけよりも彼が筋肉質であることはわかっていた。予想に違わず、胸板も厚くて固く、彼がまごうことなき男であることを如実に伝えてくる。

どき、と心臓が大きな音を立て、翠蘭は小さく息を呑んだ。

「連れが失礼した」

「……ったくよぉ、前見て歩けッてんだ」

そんな声が頭上で交わされ、翠蘭はようやく自分が置かれた状況を把握する。

どうやら考え事をしながら歩いていたせいで、向かい側から来る男とぶつかりそうになってしまっていたらしい。そこを憂炎に助けられたのだ、と理解して、慌てて体勢を立て直そうとする。

そこで、下手に飛びのいてはまた通行人の邪魔になる、と気づいて、動く前にまず視線を上げて周囲を確認しようとした。

そうして見上げると、思ったよりも近くに憂炎の顔がある。心臓がまたしてもどきりと大きな音を立て、翠蘭は上げかけた悲鳴をどうにか飲み込むと、ゆっくりと彼から距離を取ろうとした。

「どうした、大丈夫か？」

「大丈夫……」

だが憂炎は、なぜか翠蘭から手を離そうとしない。それどころか、周囲を軽く見まわしたかと思うと、その手を引いたまま歩き始める。

露天を出している中年の女性が、「あらあら」とでも言いたげににこにことした笑みを浮かべてこちらを見ているのと視線が合って、翠蘭はかあっと顔に熱が昇るのを感じた。

周囲から、自分たちがどう見えているのか――それに思い至ったからだ。

（ち、ちが……っ！）

そう否定する心とは裏腹に、心臓の鼓動は、未だに早いままだ。それが異性に対する恐怖から来ているものではないこと――それに気付いて、翠蘭は小さく息を呑んだ。

（ち、ちがう……）

暖かな手のぬくもりを、どこか心地良いものと感じている。そんな自分の気持ちを否定するように、慌てて首を横に振る。

今は、そんなことにうつつを抜かしている場合ではないのに。

「ちょっと……！」

「ん？」

手を振りほどこうとした翠蘭だったが、憂炎の手は大きく、強く掴まれているわけでもないのにびくともしない。仕方なく、もう片方の手で彼の袍を摘まんで引っ張ると、手を離すように言おうと口を開いた。

「手……」

「ん、ああ」

言われて気付いた、とでもいうように、憂炎の視線が繋がれた手に注がれる。これで離してもらえる、と翠蘭が思ったとき、彼は何でもないことのようにこう言った。

「もうすぐ市が終わる時間なせいか、みな急ぎ足のようだ。はぐれたり――先ほどと同じように、ぼうっとして誰かにぶつかったりしないよう、俺が手を引いて行ってやる」

「は、はあ⁉」

にやり、と笑った憂炎は、どことなく上機嫌だ。それだけを告げると、「こっちだ、こっち」とぐんぐんと進んでいってしまう。

その後を歩く翠蘭は、人混みの中ということもあって、付いていくので精一杯。とてもではないが、それ以上抗議するだけの余裕もない。

だが、そんな翠蘭とは対照的に、憂炎はなんだか楽しげにあちこちの露天に目をとめては、翠蘭にあれやこれやと店の商品について説明していく。

「ほれ、見てみろ翠蘭……あそこに、珍しいものが置いてあるぞ」

「は？　あ、ちょっと……！」

最初はそんな彼の勢いに呑まれ、ただ引きずられるようにしてついて行っていた翠蘭だったが、とにかく田舎育ちの彼女にとっては、見るもの全てが珍しい。

気付けば自分から率先して、あれやこれやと品物を見て回っていた。

遠方から運ばれてきた色鮮やかな絹に、色鮮やかな絵付けの器。精緻な細工の香炉があるかと思えば、無骨な陶器がいくつも並んでいる。

西域から運ばれてきたという葡萄酒に、それを注ぐための金の盃を見たときなど、「すごい、こんなものもあるのか……」と、思わず感嘆の吐息とともに感想をそのまま口に出してしまった。

それに加え、どれを見ても、すぐに憂炎が解説をしてくれる。この市で彼が知らないことなどないのではと錯覚するほど豊富な知識に、店主の方が驚くことさえあった。

そのうち一つの店先で、玻璃でできた簪に翠蘭の目は惹きつけられた。

他の客が実際に触れて買うかどうか検討していたこともあり、ついつい手に取ってしまう。手の中の簪は日の光を取り込み、きらりと煌めいた。

「これ……すごく綺麗……」

「気に入ったのか」

憂炎にそう問われ、はっとした翠蘭は慌ててそれを元の場所に置くと、首を横に振る。

「いや……どうせ、買ったところで」

普段は男装の身だ。簪など買ったところで、付けていく場所もない。

だが憂炎は「ははっ」と軽く笑うと、店主に向かって「それをくれ」と口にした。

「おい、憂炎……」

「いいじゃないか、手元に置いておくだけでも。それに……」

懐から財布を出して支払いを済ませると、彼は受け取った簪をすっと翠蘭の髪に挿した。

「なっ……」

「うん」

気付けばすっかり陽は傾き、空は茜色に染まっている。その空を背に、憂炎は満足げな笑みを浮かべると、また翠蘭の手を握った。

「よく似合っている。普段この格好をさせられないのが、残念なくらいにな」

「は、はあ……!?」

何を言っているのだ、この男は。

思わず翠蘭が素っ頓狂な声をあげると、憂炎はまた声をあげて笑い翠蘭の手をぐいっと引いた。

「さあ、急ごう。今日の本来の目的を忘れるところだった」

「目的？」

思わず聞き返すと、彼は「ああ」と小さく頷く。それから二、三度きょろきょろと周囲を見まわしたかと思うと、再び迷いのない足取りで歩き出した。

日が落ちたら、東も西も市場は閉門だ。段々薄暗くなってきたせいか、店じまいをしている露店も多い。

だが、今日持ち込んだ分を売り切ろうとする露店主が大声で呼び込みをしているせいか、かえって喧噪は増しているようにも思える。

「値下げするよ！　買っていってくれ」

「今日採れたばかりの新鮮な果物だ、買うなら今だよ！」

あちこちでそんな声が飛び交い、値下げの交渉をしている客の姿も見える。そんな中を、彼は真っ直ぐに歩いて行くと、市の端をぐるりと取り囲むように建つ、とある店の前で足を止めた。

「まだやってるか」

「あいよ！」

店先には、簡易的に作られた屋根と、座る場所が設けられている。ふんわりと甘い匂いがどこからか漂っており、翠蘭はくん、と小さく鼻を鳴らした。

それを目ざとく見て取った憂炎は、くくっと小さな笑い声を漏らすと店の奥から出てきた店主に向かってこう注文した。

「店主、菓子を何種類か包んでもらえるか。持ち帰りで」

「はいよぉ！」

もうそろそろ店じまいをしなければならない、というタイミングで現れた憂炎が神にでも見えたのだろう。

やけに愛想の良い店主は、一度奥へ引っ込んだかと思うと大きな包みを持って現れた。

「少しおまけもしといたからよ、また頼むぜ、兄ちゃん」

そう言うと、憂炎の背中を遠慮なくばしばしと叩く。

その馴れ馴れしさに驚き、翠蘭は呆然と店主の顔を見やった。

なにしろ、彼が背中を叩いているのは、まごうことなきこの朱華国の皇帝陛下。普通ならば、顔を見ることもできないような高貴な存在だ。

（彼もまさか、そんなド偉い方がこんなところにいるなんて、想像もしていないでしょうよ……！）

そんな翠蘭を尻目に自然な仕草で財布を出した憂炎は、店主に言われた代金を支払うと、袋を受け取った。

それから翠蘭を振り返ると、ぱちりと片目を瞑ってみせる。

「な、買いに来ればたくさん食べられるだろう」

「な、え、え……っ？」

どうやら、今日の彼の目的はこれだったらしい。ほれ、と渡された紙袋から漂う甘い匂いを嗅いだ瞬間、翠蘭の脳裏を先刻の彼の言葉がよぎった。

『買いに行けばいいだろう』

「え、まさか……」

今日こうして西の市までやってきたのは、それが目的だったのだろうか。

（忙しいはずなのに……）

あんな些細な自分の言葉で、わざわざ連れ出してくれたのだと気付いて、翠蘭は胸の奥がざわめくのを感じた。

第五話　真実

それからしばらく、目まぐるしく働く日々が続いたのは僥倖《ぎょうこう》だった。

次の休み、ゆっくり考える時間が生まれた翠蘭は、否が応でも自分の変化と向き合わざるを得なくなった。

「このままでは、私……」

夕暮れの庭院で、小さな声でそう呟くと、拳を握り締め、奥歯を噛みしめた。

憂炎の側で過ごす日々は、案外穏やかだ。翠蘭のほうに余裕が生まれたからか、時折冗談めかしたように「おまえには俺の子を産んでもらうのだ、忘れるなよ」などと言うことは増えたものの、具体的な行動どころか、手を繋いだのもお忍びで市へ行ったあの時限りだ。

（おそらくだけれど……）

皓宇のことを調べ上げてから、と考えてくれているのだろう。皇帝として、命じれば言うことを聞かせられる立場として育ったはずなのに、交換条件として最初に提示したのはこちらだから、と翠蘭を思いやってくれる。そういう男だということを、今の翠蘭は知ってしまった。

そのせいだろうか。全てが終わった後、彼の子を産むのも悪くはない――そんな風に考えるようになってしまったのは。

（本当なら、復讐を終えたら私も皓宇のもとへ行くつもりだったのに……）

庭院から見える水面を見つめながら、そっと息を吐く。

茜色の空を映し、水面は赤く染まっている。それがあの日、家を焼いた炎の色と重なって見えて、目眩がする。

このままでは復讐心が鈍る。――違う。

このまま待っていれば、憂炎が本当の犯人を見つけてくれる。翠蘭が望めば、彼はそのまま、犯人に然るべき法の裁きを下してくれるだろう。

翠蘭が暗殺などという過激な復讐方法を選ぼうとしたのは、相手が皇帝という法で裁けない存在だと思っていたからで、正しく罰が下されるのであれば、自分自身の手で復讐を遂げられなくても恨みは飲み込める。

だからこれは、いずれ必要なくなる復讐心への心配ではなく、全てが終わった後に一人生き残ってしまうことへの罪悪感だ。

ここまで思考が進むのは、先日、忙しい合間を縫って憂炎が持ってきてくれた、調査結果も影響している。

未だ犯人は分からないが、憂炎は改めて該当時期の公的書類を改めて調べ、その洗い出しが終わったことを教えてくれた。

あの時、彼らは確かに「皇帝の命」と言っていた。そこを聞き違えたりはしなかったはずだ。

そして、本当に皇帝の命令であったならば、兵を動かした記録が残る。記録にない出兵があれば、徴兵を担当する者達が覚えている。

けれど、憂炎やその者達の記憶にも、日記にも――憂炎が改めて全て洗い出した公的な書類にも、当時兵を動かした記録自体がなかったという。

そもそも、病を得たという時期と皓宇が連れ去られた時期にも違いがある。

(だとしたら、彼らはいったい何者だったの……?)

おそらくは、他の誰かが皇帝の名を騙ったのだ、というところまでは翠蘭にも予想がついた。

皇帝が管理する兵とは別に、地方の治安を担う兵や有力な家お抱えの兵がいることは知っている。

あるいは、徴兵を担当する者達で皇帝がまず話を聞きに行くだろう者達に先んじて口止め出来るほど人脈と権力がある人間であれば、「記憶している人間がいない」状態に出来るだろう、ということも分かる。

だが、そこからがわからない。絞り込めないのだ。

当時はまだ前兆もなかった皇帝の病に備えようと暴走した誰かの仕業か、それとも皇帝の名に泥を塗り癒しの異能を潰したい誰かの仕業か。後に憂炎の母が亡くなっている以上、後者のような気はするが、朝廷のことに詳しくない翠蘭にはこれ以上推測することさえできなかった。

(せめて、後宮内の人間だけでもよく観察しておくんだった……)

なにしろ、四夫君《よんふくん》のことすら「身分の高い婿」としか認識していなかった翠蘭だ。どこの家の出身か、くらいは知っていても、その家同士の関係まではまったくわからない。

皇帝に復讐することだけを考えていた翠蘭は、知ろうとすらしなかったのだ。

せめて憂炎に聞こうと思ってみても、肝心の彼は以前にも増して忙しそうにしている。天青宮に来るのも数日おきになるほどだ。そして珍しくやってきたかと思えば、なにやら気がかりでもあるのか心ここにあらずといった様子で、翠蘭が話しかけても生返事ばかり。

（どうにか、自分でも調べる方法はないかしら……）

憂炎のことはもう信用していいと思っているのに、そんな風に心が急くのはどうしてだろう。脳裏にちらりと横切った彼の面影を振り払うように、翠蘭は小さく首を振った。

「……本当に、私もここにいなければだめか？」

「せめてそれくらいの役には立ってくれ」

問いかけに対し、悪戯めいた返答が返ってくる。翠蘭は小さく息を吐くと、団扇の影からこっそりと周囲を見まわした。

とにかくここは、居心地が悪い。まさかこんな大勢の前に出ることになるとは思ってもいなかった。

朱塗りの欄干がぐるりと取り囲む大きな舞台を中心に席が設えられ、華やかな装飾を施された大広間。その中でもひときわ高い階の上に、翠蘭の姿はあった。

今宵、ここで催されているのは、宋貴婿が主催する初秋の宴だ。

「後宮で過ごす婿たちの無聊を慰めるため」という名目で開かれたこの宴に、参加することを余儀なくされた翠蘭は、隣に座る人物の姿に視線を走らせ、もう一度ため息を漏らした。

そこには、いつもよりも華やかな装束に身を包み、榻《こしかけ》にゆったりと腰掛けている憂炎の姿がある。

もちろん、きっちりと爪を磨き、濃い化粧にじゃらじゃらと宝飾品をつけて飾り立てた女帝としての装いで、だ。

そして、隣に座らされた翠蘭自身も、常日頃身に着けていたような野暮ったい袍ではなく、艶やかな絹地のものを着用している。

憂炎ほどではないが、腕には玉でできた腕輪をつけ、腰に巻いた帯飾りには、さりげなく憂炎と揃いの宝玉がはめ込まれているという、華美な装いに身を包んでいた。

だが、翠蘭の気分は浮き立つどころか最悪だ。

（うう、視線が痛い……）

名目はどうあれ、この宴は「あわよくば自分も女帝の目に留まりたい」と画策する婿たちが多く参加している。

そして、彼らからすれば邪魔なのは翠蘭——いや、この場合は「楊宝林《ほうりん》」こと皓宇の存在だ。

できることなら、皓宇を美帆の側から遠ざけ、自分が側に侍《はべ》りたいと考えているのだろう。とげとげしい視線に晒《さら》されて、居心地の悪いこと極まりない。

(そう、特に……)

この宴の主催者である、宋貴婿。

彼からの視線は、あからさまではないもののひときわ鋭く、翠蘭はそれを感じるたびに背筋が凍るような思いをしていた。

仕事に忙殺されていて周囲に気を配る余裕がなく、すっかり忘れていたが、美帆のお気に入り、とはこういうことだ。楊家が襲撃された真相さえ分かれば憂炎の求めに応じてもいい、と思いかけていた自分の浅はかさを痛感する。

位の低い人間が一国の皇帝の伴侶として立ち続けるのは、それ即ち、周囲からの妬み嫉みを受け続けるということだ。それには、余程の技量か胆力がなければ難しいことだろう。

憂炎が真摯に当時のことを調べてくれているのだから、真実を知った暁には翠蘭も約束を果たさなければならない。

別に、嫌なわけではない。

しかし、知識不足を痛感して、ようやく独学で政を学び始めた為体なうえに、性別という秘密を抱えた自分に、その覚悟を持てるだろうか。新たな不安が鎌首をもたげてくる。

だというのに。

「ほら、皓宇……これを」

口元に蠱惑的な笑みを浮かべた憂炎が、こちらに盃を差し出してきた。そこには琥珀色の液体がなみなみと注がれ、ふわりとまろやかな香りが漂ってくる。

「さすがは宋尚書が準備しただけあって、良い酒が揃っている。せっかくだから、飲んでみろ」

「は、はあ……」

周囲からの突き刺さるような視線がより強くなったように感じる。

いっそこの場から退出してしまいたいが、これも皓宇のことを彼に調べて貰うための代償だ。

仕方なく、翠蘭はぎこちない笑みを浮かべると彼の手から盃を受け取った。酒を飲むのは初めてだが、まあどうにでもなるだろう。

思い切って口に含んだ瞬間、舞台のほうから楽の音が響き始めた。

視線を向ければ、後宮の婿たちのなかでも腕に覚えのある者達が何人か集まり、二胡や琵琶、笛に太鼓といった様々な楽器をかき鳴らしている。

それに合わせ、何人かの身軽な男たちが揃って舞い始め、翠蘭は「わあ」と口の中で小さく呟いた。

「こういうのを、見るのは初めてか？」

「ああ……」

くるくると軽やかに回転し、足を踏みならす。纏《まと》った衣がひらひらと翻り、その鮮やかさから目が離せない。

じっと見つめていると、憂炎が耳元に口を寄せ、囁くように解説してくれる。

「あれは胡旋舞という踊りで、西域から伝わってきたものだ。朝廷でも、宴の際に誰かが連れてきていたな……」

そういえば、あれは誰だったか、などと言いながら、憂炎が顎をさすった。それを横目に、翠蘭は目を輝かせて踊りに魅入る。

不安はある。焦りもある。自分に足りていない部分があることも痛感した。

それでも、少しずつ状況は前進しているし、憂炎の隣に立つことで知ったことが、全て悪いものであったわけではない。

ひとまずは、知りたいと思ったことから貪欲に知っていこう。そう心に決めて、翠蘭は胡旋舞とそれを踊る者の顔を目に焼き付けた。


それから何日か経ったある日のこと。

翠蘭の元に、密かに一通の手紙が届けられた。不審に思いつつも、中身を確認しようと封を開け、中に入っていた紙をぺらりと開く。

そこにはこう書かれていた。

『おまえの知りたいことを知っている。そして、おまえの秘密も知っている』

そこには、続けて「おまえが皇帝の元を離れるのであれば、秘密は漏らさない。そして、知る限りの事を教えよう」という趣旨のことが記されていた。

「秘密……」

ごくり、と翠蘭の喉が鳴る。秘密というのはもちろん、翠蘭が本来は男後宮に入ることのできない、女だということだろう。

以前、房で襲われた時と違い、一刻を争う身の危険ではない。だからだろうか、あの時よりは冷静に考えられているように思う。

結論はあの時と変わらない。翠蘭が女である、ということは周知されてはならない。けれどその理由はあの時とは違う。知られてしまえば復讐を成せなくなるから、ではない。

たとえ翠蘭が後宮にいられなくなったとしても、憂炎は調査をやめないだろう。他者を慮る気性である以前に、何者かが皇帝の名前を騙る重罪を犯した可能性が高いからだ。だから、翠蘭が女だと知られても、最悪死ぬことになっても、復讐は果たせる。

今、嫌だと思うのは、そこではない。

あの時もちらりと脳裏に思い浮かんだこと。翠蘭の性別が知れ渡ることで皇帝についても言及される、それが嫌だ。

自分のせいで美帆に――憂炎に瑕疵《かし》がつくことだけは避けなければならない。

（だって……）

閉じたまぶたの裏に、燭台の光を頼りに懸命に書類に目を通す憂炎の姿が蘇った。

朱華国のために常に尽力している彼。忙しいに決まっているのに、そんな中でも皓宇に関する調査にも手を抜かない彼。短い期間とはいえ、翠蘭はその姿を一番近くで見ていたのだ。

彼には、このままこの朱華国の皇帝でいて貰わなければならない。

憂炎に、不要な苦労を一人で背負うことなく生きてほしい。

それが、一度は謂れのない罪で命を狙おうとした翠蘭の、嘘偽りのない気持ちだった。

そして、そのために自分にできることは一つだった。

ぎゅっと拳を握り締めると、覚悟を決めて手紙をもう一度読み返す。

しっかりとその内容を頭に刻み込むと、翠蘭は手紙に火をつけて燃やし、跡形も残らぬようにした。

それから、卓子《テーブル》の抽斗《ひきだし》から紙を取り出し、筆をとると憂炎に向かって手紙をしたためる。

書きたいことはたくさんあった。けれど実際に記すことができたのは、「お世話になりました」の一言だけ。

それを卓子《テーブル》の上に置き、文鎮代わりに以前彼に買って貰った簪を置くと、翠蘭はそのまま手紙に記された場所へと向かった。

「暗いな……」

今は使われていない宮殿の端。その中にて——と書かれていたとおり、そっと扉を押して中に入る。わずかにかび臭い匂いがするところを見ると、かなり長いこと使われていないようだ。

一歩中に入ると、床板が軋《きし》んだ音を立てる。埃がぶわりと舞い上がり、翠蘭は顔をしかめて口元に布巾を当てた。

(こんなところに、本当に誰かいるのか……?)

そんな疑いがちらりと脳裏を過《よぎ》る。

「おい……誰か、いるか……?」

あまり大きな声を出すのも憚られ、翠蘭は少し小さな声でそう言った。途端、背後の扉がバタン、と大きな音を立てて閉まる。

はっとして振り返ったときには遅かった。ごすっと鈍い音がして、腹に拳が入れられる。

「うっ……！」

思いも寄らぬ攻撃に、一瞬息が詰まる。そしてそのまま、彼女の意識は闇に呑まれていった。

◇◇◇

「翠蘭、翠蘭……⁉」

夕刻、天青宮を訪れた憂炎は、もぬけの殻の室内を見て顔色をなくした。慌てて他の部屋も覗いて見るも、いつもならばすぐに感じ取れる彼女の気配がまるでない。

宮を一周して見て回り、普段二人で過ごしている部屋に戻ると、机のうえに折りたたまれた紙が置いてあることに気が付いた。その上には、いつか西の市で彼女に買ってやった、簪が置かれている。

どくり、と心臓が嫌な音を立て、背筋を冷たい汗が伝った。

(まさか、そんな……)

嫌な予感を振り払うように、小さく首を振る。

震える手で広げると、そこには翠蘭の文字で、たった一言だけの、しかしはっきりとした別れの言葉が認められていた。

「そんな、馬鹿な……」

あれほど弟の敵を討ちたいと言っていたはずの翠蘭が、目的も果たさずにいなくなるなんて。しかも、こんな置き手紙一つで。

たった一人、女の身でこの男後宮に乗り込んでくるほど、必ず叶えたい願い——それを諦め、この場から去るなどと、そんな事があるだろうか。

(こんなことなら、出入りの可能な門など教えるのではなかった……)

今から追いかければ間に合うだろうか。

(ようやく、調べがつくところだったというのに……!)

ぐしゃり、と手の中の手紙を握りつぶし、憂炎は奥歯を噛みしめた。

そもそも、憂炎が翠蘭に目をとめたのは、後宮が発足して程なく催された宴の席でのことである。といっても、初めは「少し気になるやつがいる」程度のものだ。

だが憂炎は、それを「気のせい」だと断じていた。

『朱雀の徴《しるし》をもつあなたには、自分の片翼――自身の番となるべき相手がわかるはず』

病床の母には繰り返しそう教えられていたし、代々そう語り継がれてもいる。だが、女として装っていても、自分が男であることに変わりはない。この「男後宮」において自身の「番」が現れるなど、あるはずもないことだと思っていた。

そう思いつつも、その姿を確認しに行くのをやめることができない。

時には男後宮の婿候補達に紛れられるよう男装し、すれ違ってみたこともある。

憂炎が見る彼女は、常に地味な装いをして目立たぬよう、しかし与えられた役割はきちんと、文句なくこなす、そんな人間だった。

後宮入りした他の婿たちがこぞって女帝の寵を得ようと自分磨きに精を出してばかりいて、隙あらば仕事を他に任せようとしているのとは大違いだ。

（妙なやつだ……）

そう思うと同時に、実直な態度を好ましいものだと感じつつあったのは事実。だがそれは、あくまで「人間として」好ましいと――そういうことだと思っていたのに。

(まさか、女の身でこの男後宮に潜り込んでいたとはな……)

井戸の近くで出くわした時、実際に見えたのはおぼろげな身体の線と、精々口元程度ではあったが、憂炎はそれが誰だか確信できた。

何せ、この男後宮で唯一、好感を抱いていた相手だ。

その相手が異性だと知った時、胸の中を占めたのは歓喜の感情だ。と同時に、必ず彼女を手に入れなければという焦燥にも似た感覚も湧き上がった。

善は急げ、と翌日すぐに自分の元に連れてくるよう、燗流に申しつけて。

だが、そこで知ったのは思いもよらぬ事実だった。

自身の母の死に絡み、彼女の家族が惨い目にあったというのだ。だが、あまりにも心当たりのない話に、憂炎の中で疑念が膨れ上がっていく。

(隠されたのでは……?)

翠蘭の話が本当ならば、彼女の弟・皓宇は母の病を癒やすだけの力があった、と考えられていた可能性が高い。もしも憂炎がそのことを知っていれば、無理矢理にではなくきちんと皇城に招いて癒やしを依頼しただろう。

だが実際には、母が病に倒れるより前に皓宇は拉致された。おそらく、その先でなんらかの依頼を受け、結果として命を落としていると考えられる。

（問題はここからだ……）

翠蘭の話からして、実際に皇城の兵が動かされた可能性が高い。だが、少なくとも母と自分はその指示を出していない。

何者かが――母や自分が病を得たとき、それが癒やされる可能性の芽を潰したのではないか、という疑惑が生まれる。

（だが、なんのために……？）

疑惑は新たな疑問を呼ぶ。

その全てを解決しなければ、これからも皇族の病や怪我の回復を邪魔立てされる可能性を危惧し続けなければならないし、何より自分は本当の意味で家族の死を乗り越えることは出来ない。

そして、後者については翠蘭もまた同じだろう。

だからこそ――伴侶となることについては冗談めかして告げるのみで、番について話して口説き始めるのは、皓宇の事をきちんと調べ上げてから、と思っていたのに。

（くそ……どこへ……っ）

ちりちりと首筋が熱くなってくる。そこには、憂炎が男の身でありながらこの国の次代皇帝となるため、女として育てられるに至る理由となるもの――朱雀の徴《しるし》が存在していた。

それは、この朱華国の建国神話にある、守護神獣の徴《しるし》だ。

代々女性にしか顕《あら》われないと言われていたこの徴《しるし》が、なぜ男である自分に顕《あら》われたのかはわからない。ただ今は――どうしてかこの徴《しるし》さえあれば、自分の片翼のところへいける。そんな確信が頭を支配していた。

そして、それは間違いなく――彼女のことだ。

(翠蘭……!)

その姿を脳裏に思い浮かべ、まるで炎のように熱く感じる徴《しるし》に身を委ねる。そうすると、憂炎の身体は朱色の光に包まれ……光が消えたときには彼は天青宮から姿を消していた。

◇◇◇

「さて……」

その頃、捕らえられた翠蘭は、縄を打たれ床に転がされていた。おかしな縛り方をされたのか、腕が痛い。更に最悪なことに床は埃まみれで、息を吸うたびに咳き込んでしまう。

そのせいで、翠蘭はぜえはあと肩で息をし、さらには目が痛くて涙がぽろぽろとこぼれてしまっていた。

その姿を見おろして、ふんと鼻を鳴らしたのは壮年の男性だ。まるで見覚えはないが、なんだか嫌な目つきをした男だということだけは分かる。

「まったく、陛下はこんなちんくしゃのどこがお気に召したのか……うちの息子の方がよほど美しいというのに……」

とん、とつま先で肩口を蹴りつけられ、痛みに顔をしかめる。だが男は口元をゆがめると、吐き捨てるように言った。

「おまえたちの一族は、癒やしの力が使えるのだろう？　怪我をしたところで、たいしたことはあるまい——そう、以前にも言ったというのに」

「……以前にも？」

男の言葉を聞きとがめ、翠蘭は目線を彼へと向けた。

翠蘭を縛り上げ、自由を奪ったことで何もできないと侮ったのか、男は得意げに笑うと口を開く。

その内容は、翠蘭にとってまさに求めていた情報そのものだった。

「以前にも、おまえと同じように癒やしの力を使える少年を捕まえたのだがな……なに、力を使うのを嫌がるから、少し痛めつけてやったら——馬鹿なことに、それでも力を使わずに衰弱死してしまったのさ」

本当に、馬鹿なやつだ。そう嘲るように付け加えた男に、翠蘭は怒りの籠もった視線を向けた。

もし男の言うことが本当ならば、「少し」などという言葉で言い表せないほどに皓宇は痛めつけられたに違いない。

(こいつが……！)

怒りで心が震える。ぎりりと睨みつけたくなる心地を抑えて、静かに問いかける。

もっと核心に迫る情報を得なければ。

「それは、楊家の嫡男のことを言っているのか？」

「ああそうさ、楊皓宇……おまえが名を騙っている男だ。さて偽皓宇、おまえは誰だ？」

翠蘭が押し黙ると、男は笑う。

「まあいい、楊の名を名乗って後宮に入りこめている以上、おまえが楊家に縁ある者だということは分かっている。分家の人間か？　次期当主が阿呆で苦労したな」

「っ、皓宇を侮辱するな‼」

冷静でいなければならないと分かっていても、限界だった。

愛する弟を、その死後まで愚弄されるなど、自分の身が危うくなっても見過ごせるものではない。

男を敵意に満ちた視線で見上げる。

「あの子は、こんな小賢しい策を弄するお前よりよほど清廉で賢かった‼」

相手の感情を逆撫でするると分かっていて啖呵を切る。

当然その態度が気に入らなかったのだろう、男はもう一度足を振り上げた。今度は先ほどよりも強く蹴りつけるつもりだ――そう分かっていたが、視線は逸らさない。

その足が振り下ろされそうになった、その時だ。

翠蘭の目の前に、光の塊が現われた。

そのまぶしさに一瞬目を閉じた直後、「うわぁっ」という情けない悲鳴が聞こえる。

「翠蘭！」

「え、ゆ……憂炎……？」

恐る恐る目を開くと、そこにいたのは麗しい女帝の姿をした憂炎だった。憂炎は翠蘭に駆け寄り、抱き寄せる形で助け起こす。

彼が現われたことでほっと気が緩んだのか、翠蘭の身体から力が抜ける。くったりと彼に寄りかかり、ほっと息を吐き出した。

「な、なぜ……なぜ陛下がここに……⁉」

「おまえ……宋尚書か。おまえこそどうして翠蘭をこんな目に遭わせている？」

「翠蘭……？」

問い返す男――宋尚書に、彼は翠蘭が皓宇の姉であるところまでは調べがついていなかったのだと悟る。渡さなくて良い情報を渡してしまったが、このまま彼を罪人として押し切れるなら、致命傷にはならない。

「憂炎、こいつよ……こいつが、皓宇を攫った犯人なの……！」

翠蘭が必死に訴えると、憂炎はチッと舌打ちし、宋尚書を睨みつけた。

「やはりか。母上が病を得た時期、やたらと薬草を薦めて来たな。その中には、母に使えば病状が悪化するものも混ざっていた。そもそも、栄家は医学に精通しているわけではない、当時は体に良いと聞けば何でも試して欲しいという親切心からなのだろうと、厳重注意で済ませていたが……」

確かに、正式な手順での奏上、更にあくまで「薦めて」来ただけ。無理に摂取させようとしたわけではなく、実際に判断して処方するのは医師だ。であれば、奏上前にきちんと精査するように、と注意を与えるだけで済む話だ。

周囲からは、皇帝の身を案じるあまり、あれもこれもと薦めているようにしか見えなかっただろう。

実際、自身もこれまではそう思い、宋尚書を疑うことなく過ごしていた。だが、と軽くため息をつき、憂炎は彼に鋭い視線を向ける。

「おまえは、桂花の使用方法を含め、楊家かその領地によほど深い繋がりがなければ知りえないことも知っていた。誘拐についてはまだ状況証拠だけだが、楊家のものを盗んだ疑いについては物証が出た」

その言葉にはっとする。確かに、火の手があがって以降見当たらず、炎に巻かれてなくなったのだろうと諦めたものがある。

そんなことまで調べてくれていたのか。

「先日の、後宮内でこいつを襲わせたのも、宋貴嬪の命によるものと調べがついたところだ。親子揃って良くも……！」

「へ、陛下……！」

憂炎が怒りに燃える目を向けると、その背後に炎の影が揺らめく。それに怖れを成したのか、腰を抜かした宋はへたり込むと叩頭して必死に釈明を始めた。

「ち、違うのです……私は、その……癒やしの異能を持つ者を、陛下に捧げようとしただけで……！　そ、そうだ、その異能持ちの楊家を騙る男を懲らしめようと、こうして……っ！　その者も異能を持つとは知らなかったのです……」

「嘘よ！　おまえは私のことを一族の生き残りだと知っていた……！　皓宇を衰弱死させたのも自分だと、はっきり言っていた！」

翠蘭の言葉に、憂炎はますます眦をつり上げ、宋を睨みつけた。

まるで視線で射殺しでもしそうなほどに強い怒りに触れ、怖れをなした彼は震えながら命乞いをする。

「お、お助けください……お助けを……っ」

「……どうする、翠蘭。こいつがおまえの仇だというのなら……ここで」

手にかけても良い、とはっきりと口にしたわけではない。だが、翠蘭には彼の言いたいことが分かった。

どうしてか、先ほどから彼との間に強い絆を感じる。おそらく、彼の方もだろう。

（わかってる……）

翠蘭は小さく首を振ると、口を開いた。

「司法の手に委ねます。全てをつまびらかにして、公正な裁きを」

「ん……聞こえたか、宋尚書。この裁きは公の場で、だ。逃げても俺にはわかるからな……覚悟して待てよ」

「はっ……」

宋は頭を地面にこすりつけ、震えながら頷いた。

◇◇◇

「終わったな……」

あれから数ヶ月。

宋尚書や宋貴婿のしでかしたことは、余罪もひっくるめ全て明るみに出ることとなり、二人には死罪が言い渡された。なにしろ、皇帝の名を騙った罪もある。これでようやく、全てが終わったのだ。

怒濤のような毎日を過ごしていた翠蘭も、憂炎も、ほっと一息ついた——そんな日のことである。

憂炎は、久しぶりに翠蘭を紅玉宮にある自分の部屋へと招いていた。

「さて、なにはともあれ……これでおまえとの約束は守ったことになるな？　今度はおまえが約束を果たす番だ」

憂炎の言葉に、翠蘭は少しむっとしたように唇を尖らせた。

「でもあれは、ほとんど宋尚書の自爆みたいなものじゃない」

「いいや、でもその後の裁きがスムーズに終わったのは、俺が証拠固めをしていたからだ」

確かに、彼の言うとおりではある。

今回、宋が焦って翠蘭をおびき寄せたこと。焦燥感を勝手に募らせていた翠蘭が動いてしまったことで、捕縛が早まりはしたが、遅かれ早かれ宋は捕まる運命にあったのだ。

そのために、憂炎が忙しくしていたこと、そもそもあの時憂炎が何かしらの異能を使ってまで駆けつけてくれたから軽傷で済んだことも分かっている翠蘭は、少しだけ目を伏せ、小さな声で言った。

「……じゃ、考えておくということで……」

「はあ？ そんな返事で納得すると思うのか？ そもそも、おまえは俺の『片翼』だ。それを認められたから、こうして元の姿にも戻れたんだろうが」

そう言う憂炎は、確かにいつもの女装姿ではない。翠蘭もいつもの男装ではなく、女性の衣装を身に着けていた。

すっかり馴染んだ男物の袍に比べ、動きづらい事この上ない。だが、そんな翠蘭を見る憂炎の目つきが優しく、眩しそうですらあるから、気分のほうは一切悪くない。

「それは、そうなんだけど……でも……」

「でももかかしもない。約束だろうが……！」

憂炎が焦ったようにそう言うものだから、翠蘭は思わずくすくすと笑ってしまう。

（全く、いつの間にそんな風に思ってくれていたのか……）

絶対に、ただ都合の良いだけの存在だと思っていたのに。片翼と呼んでくれる――いや、片翼という存在にしてくれるほど、自分のことを思ってくれていたとは。

朱雀の片翼というのは、建国神話に顕《あら》われる神獣のつがいのこと。そして、女性にのみ代々受け継がれてきた朱雀の徴《しるし》が男子に顕《あら》われるのは、神獣朱雀の再来を意味する。

二人が揃ったことで、これから朱華国はますます発展するだろう――というのが、古い文献を研究している古老の言葉であった。

それが判明してから、憂炎がずっともの言いたげにしていたことも、それを今日ようやく決意を固めて口にしたのも――二人の間に芽生えた絆を通じて、伝わってきている。

（もしかすると、憂炎は緊張しすぎて気付いていないのかしら）

翠蘭だって、彼の事を特別に思い始めている。だから、彼の子を産む、ということもやぶさかではない。

けれど、それをすぐに口にするのはなんだか照れくさいし――こうして、翠蘭のことを求めてくれる彼の姿を、もう少し見ていたい。

だが――どうやら、翠蘭よりも憂炎のほうが一枚上手であるようだ。

「なあ、翠蘭……」

ぞくり、と背筋にしびれが走るような甘い声音で、憂炎に名を呼ばれ、翠蘭は身体をびくりと跳ねさせた。はっと気付いたときには、もう彼の腕に囲われている。

耳元にかかる吐息の熱さと、抱きしめる腕の力強さ。それにくらくらしてしまい、心臓がどきどきと早鐘を打った。

「俺の子を、産め」

「ま、まっ……！」

耳元でそう囁かれて、翠蘭の顔に火が灯る。慌てて逃げだそうとしたが、力で彼に敵うわけもない。

真っ赤になった顔を見られぬよう、翠蘭はぷいと顔を背け「知らない！」と叫んだのだった。

第六話　新たな妃候補

あの騒動から、おおよそ三ヶ月。

物事が順調にいっていると思うときほど、落とし穴というのはあるものだ。

そのことを、今日の憂炎はまざまざと感じさせられていた。

目の前で拝謁の姿勢を取っているのは、羅春燕《ラチュンヤン》。憂炎にとっては従姉妹《いとこ》にあたる女性で、十歳までは共にこの宮城で生活をしていた、いわば幼馴染のような間柄でもある。

長じた後、宮城を出て市井にある離れ宮に移り住んでからというものの、すっかり疎遠になっていたのだが——

「今、なんと言った、春燕」

こめかみを押さえ、憂炎は唸るような声をあげた。皇帝が明らかに不機嫌であると気付いた廷臣たちは息を呑んだが、目の前で微笑む春燕はどこ吹く風といった様子だ。

「だから……あなたの妃になりに来たと言ったのよ」

艶のある黒髪を腰のあたりまで伸ばし、金銀の細かな刺繍が施された、華美な襦裙《じゅくん》を身に纏《まと》った美女。

従姉妹《いとこ》と言うだけあって、自分が女装をしていたときの姿によく似ている。

それに気付いてしまい、憂炎の顔はますます苦虫をかみつぶしたようなものになった。

だが彼女は、そんな憂炎の反応にも怯むことはなかった。とぼけた表情で思案するかのように空を見上げると、小さく頷いて口を開く。

「そうね、宮は……颯永宮《そうえいきゅう》でいいわ。馴染みもあるし。……男後宮を解散してしまったのだもの、どこも空いているんでしょ？」

「は？　そりゃそうだが、春……」

「ああ、心配しないで。荷物を運び入れるのも、こちらで勝手にやっておくから」

止めようとした憂炎の言葉を途中で遮ると、春燕はそう言うと立ち上がり、振り返りもせず、供のものを引き連れてその場から立ち去ってしまう。まるで嵐のようなその後ろ姿を見つめ、憂炎はもう一度「は？」と呟いた。

神獣朱雀の再来と、その片翼。

以前より古い文献を研究していた古老によりそう認められ、翠蘭は憂炎と共に周囲にその存在を周知された。

それにより、人々はこれからの朱華国の繁栄とつがいを得た皇帝を祝った。

今は翠蘭を正式な妃として改めて迎える、その準備の真っ最中だ。

彼女を自身の「片翼」、つまり唯一の伴侶として広く知らしめることが目的である。

だが、それを全ての人間が手放しで喜んだかと言えば、そうとは言えないのが実情だ。

まず、これまで女性にのみ顕《あら》われていた朱雀の徴《しるし》が男性に顕《あら》われたことに懐疑的な一派が存在している。

確かに、建国神話に謳われているだけの存在を、手放しで認めるのは難しいだろう。

そういった反発があることは、憂炎も想定内のことであった。しかし、潜在的にそう思っているだろう人間を含めてもその数は予想より少なく、時間をかけて功績を積み立てれば自然と鎮静化していきそうであることに驚いてすらいた。

次に、「片翼」という存在について認めがたいとする者達だ。

これが思いのほか多い。現在声高に異論を唱えている者はほとんどがこちらだと言ってもいいだろう。

彼らが翠蘭を認めないのは、「片翼」という存在に対する懐疑というよりは、別の思惑があるからだ。

『皇帝が真実男性であるならば、我が娘を後宮に』

そういった打診が毎日のように憂炎の元に届くのである。

（俺が受け入れるわけもないのに……）

片翼、というのは文字通り、片方の翼。

この国の伝説において、神獣朱雀が自身のつがいに与えた力を翼にたとえたものだ。

感覚だけならばむしろ、片翼と片目しか持たずつがいの翼がなければ飛ぶことができない比翼の鳥のほうが近いだろうか。

つまり、片翼とは、皇帝にとって替えのきかない、唯一無二の相手のことなのである。

そんな相手がいるというのに、他の女を娶ることなどあるわけもない。

従って、その全てを相手にしてこなかった憂炎だったのだが、今回は相手が悪かった。

春燕が、というわけではない。皇家の血筋に連なる彼女を無碍に出来ないという問題もあるにはあるが、こうして頭を悩ませている今でさえ、憂炎の中では、過去の春燕と、突然妃になると言い出して勝手に颯永宮に居ついた彼女が結びつかない。

トントンと卓子《テーブル》を指先で叩きながら、小声で呟く。

「春燕は、母親の嫌がらせに加担するようなタイプではなかったと思うのだがな……」

そう、今回の問題は——春燕の母親にある。

朱梓晴《ズーチン》。彼女は憂炎にとって、母の姉にあたる。今は朝廷の重鎮たる羅一族に嫁いだ身だ。皇籍からは外れているが、かといって、春燕同様その血が皇家に由来することは変わりなく、皇帝たる憂炎であってもないがしろにしていい相手ではない。

しかも、話してわかる相手ではない、というのが更に頭の痛いところだ。

窓の外へと目を向け、憂炎は重いため息をついた。

梓晴はその昔、憂炎の母である美雨が皇太子として立つ前までは、自分こそが皇帝にふさわしいと主張していたらしい。

それは彼女が長子であり、母が三番目の娘にあたるからだろう。

「長女である自分こそ、後を継ぐべき」というのが、梓晴の主張だ。

だが実際には、朱雀の徴《しるし》を持っているという理由で美雨が後継者に指名された。

それだけではなく、朱雀の徴《しるし》が何だ、としきたりを軽んじるような言動を続けていた梓晴は、まるで厄介払いでもするかのように羅一族への嫁入りを決められてしまったのだ。

　よほどそれが腹に据えかねたのだろう。婚姻後も、梓晴は羅家に住まうのを拒否し、後宮の一角に住まい続けた。当時の皇帝だった祖母は、さすがに梓晴をあわれに思ったのか、彼女の夫が後宮に通ってくるのを特別に許したという。

　その間に、祖母は帝位を美雨に譲り、ほどなくして女帝のための男後宮が招集される。その頃に産まれたのが、春燕だ。

　ほどなくして美雨も妊娠し、憂炎が誕生。男でありながら朱雀の徴《しるし》を持った子供の誕生に、祖母と母は、すぐに公表しては嫌疑の目に晒《さら》されながら育つことになるのではと案じた。そうして真実はごく限られた人間の間にのみ明かされ、表向きは女児が生まれたと発表、美帆と名乗らせることとした。

　同じ後宮内に住まう従姉妹《いとこ》同士ということもあり、二人の間に交流が産まれたのはごく自然な流れだっただろう。

　美雨はあまり良い顔をしなかったというが、表立って止めるということもなかった。

（あの頃はまだ、性別など気にしたことはなかったな）

　そのおかげか、当時は自分が女の格好をしていることに違和感を覚えたこともなかった。

春燕もおそらく疑いを抱いたこともなかっただろう。

だがそれも、ある日突然終わりを迎えた。

どうした気まぐれからか、梓晴は突然市井にある離れ宮に移ると宣言し、さっさと後宮を出て行ってしまったのだ。

初めは何か思惑があるのでは、と最初は警戒していたものだったが、その後は拍子抜けするほど些細な嫌がらせがあったのみ。雌伏の時を過ごして、美帆が皇帝として即位する際に何か横槍を入れてくるかとも思ったが、即位前後に人を介して嫌味を言われた程度である。

正直、そういったいきさつがあるだけに、梓晴が娘を無理矢理妃として送り込む、くらいのことはやりかねないとは思っている。

しかし、十歳までの春燕を知っている身としては、彼女が唯々諾々と母親に従う、ということも想像しにくかった。

「……直接話をするしかないだろうな」

先ほどは、周囲に廷臣達がいた。春燕の背後には羅家から連れてきた侍女たちもいた。周囲に人がいたせいで、自らの思惑について話せなかった可能性もある。

仕方がない。今夜は、春燕の元に行くしかないだろう。

二人きりになれば、何か話してくれるかもしれない。

憂炎はため息をつくと「爛流」と大きな声で呼ばわった。扉の外に控えていたのだろう、爛流がすっと室内に入ってきて拱手する。

「お呼びでしょうか」

「ああ……悪いが、翠蘭のところに『今日は行けない』と言伝を」

憂炎がそう言うと、爛流は意外そうに目を瞠った。だが、すぐに表情を消すと「かしこまりました」と言って頭を下げる。

そそくさと退出する後ろ姿を目で追って、憂炎は「はあ」ともう一度憂鬱そうなため息を漏らした。

◇◇◇

「翠蘭さま、大変ですよぉ」

ぱたぱたと足音も高く翠蘭のもとにやってきたのは、年の頃十三歳程度、まだ幼い顔立ちをした一人の少女だった。

といっても、正確には部屋の前にやってきたところで、扉に背を向け書籍を紐解いていた翠蘭には彼女の声しか聞こえていないのだが、それでも誰だか分かるほど、ここ最近交流を重ねた相手だ。

彼女の名は、黄明玉《オウミンユー》。男後宮が解散したことにより、新たに雇い入れられた翠蘭のための侍女である。

地方官吏の娘だという彼女は、翠蘭と同じく田舎育ちということもあり、それなりに気の許せる存在となっていた。

最近は、一日の予定が終わると、彼女とお茶を飲みながらお喋りに興じる、などということもある。

まだ正式なお披露目前とはいえ、憂炎の唯一の妃となることが内々に決まってからというもの、それまでの仕事がなくなった代わりに覚えなければならないことが一気に増えた。慣れない行儀作法や儀式の手順、それに加えて妃としてふさわしいだけの教養を、と詰め込まれる日々の中、それは癒やしの時間でもあった。

（妹がいたら、こういう感じなのかも……）

ふとそんな風に思うこともある。

皓宇の不在を埋める存在――というのは皓宇に対しても彼女に対しても失礼かもしれないが、いつしかそんな風に思うようになっていた。

くすりと笑うと、翠蘭は彼女を振り返る。

ちょうど明玉がすぐ近くまで駆け寄ってきた間合いだった。

「どうしたの」

声こそ柔らかいもので保てたが、やってきた彼女の様子に軽く目をみはってしまう。

どうやら、ここに来るまでも走ってきたらしい。はあはあと息を切らした明玉の額には玉のような汗が浮かび、襦裙《じゅくん》の裾には土埃が付いている始末だ。

驚いた翠蘭は手巾を取り出すと、その汗を拭ってやった。

「あ、ありがとうございます……」

はあ、と最後に大きく息を吐き出すと、明玉がふにゃりと笑みを浮かべる。

その愛らしさに目を細め、翠蘭は「それで？」と話の続きを促した。

すると彼女ははっとしたように周囲を見まわすと、翠蘭に近づいてきてひそひそ声で話し出す。

「実は、尚食《しょうしょく》の姐《ねえ》さん方から聞いたんですけど……」

うん、と軽く頷いて、翠蘭は言葉の続きを待った。だが、大騒ぎして駆けつけた割りに、明玉の口が重い。

「明玉？」

「あの……それが」

ようやく明玉が口を開こうとしたその時、更なる来訪者がやってきた。

失礼いたします、という声と共にあらわわれたのは燗流だ。

その姿を見た途端、明玉がしかめっ面になる。

「何かご用でしょうか、燗流さま」

「……いたのか、明玉」

すっと翠蘭を守るかのように前に出てきた明玉の姿を見て、燗流は小さくため息交じりの声を出した。

どうしたわけか、二人はソリが合わないらしく、明玉がここに勤め始めた頃からずっとこんな調子だ。

だが、今日の明玉はいつも以上に声が固く、翠蘭は心の中で小さく首を傾げた。

(どうしたのかしら……？)

どうしたのかといえば、燗流が一人でここにやってきたのも、ここ最近では珍しいことだ。

本来の性別の姿に戻って、こうして側に侍女を置くようになってからはあまり姿を見せなくなっていた。

この天青宮に姿を見せるのも、憂炎の供をしてくることが大半だ。

そこまで考えて、ふと翠蘭の脳裏に嫌な予感が生まれた。

(もしかして、憂炎に何かあったのかしら……？)

翠蘭が妃となるべき準備で忙しいのと同じように——いや、それ以上に、憂炎は多忙である。

もしかしたら、病を得て寝付いてしまったのでは。

明玉が尚食《しょうしょく》で聞いてきた噂とやらは、もしかしたらそのことなのかもしれない。

そう考えれば、明玉が噂について言いよどんでいたのも納得がいく。

憂炎に関する出来事を一刻も早く翠蘭に教えたいという気持ち以上に、それを聞いた翠蘭のことを慮ってくれたのだろう。

だが。

(それなら、早く呼んでくれればいいのに……)

翠蘭は唇を噛み締め、軽く拳を握った。

忙しい日々の中、憂炎が風邪をひいたり紙で切る程度のかすり傷を負ったり、ということはあった。

それについてはすぐ治るものであったから、翠蘭の癒やしの力に頼らず自分で治す、といった彼に強く意見することはなかった。翠蘭としても、忙しい時の体調不良は辛かろうと提案しただけで、政務が立て込んでいない時期なら自分で治せ、と思う。

だが、決して癒やしの力を使わせようとはしないような憂炎の態度に思うところがないわけでは、ない。

翠蘭の中には、自分が役に立てるのはこの力だけなのに、という想いがあるからだ。

(だって、本来の性別を明らかにできたのなら……)

別に子を産む相手が、自分である必要は無いのではないかと、そんな考えが、どうしても脳裏を過《よぎ》ってしまうからだ。

片翼などと言われてはいるが、翠蘭にはそれを感じ取る力など無い。それだけに、どうしても自分でなければならないという自信が持てずにいる。

朱雀の化身たる憂炎には、その力があるというけれど、そんなおとぎ話のようなことを馬鹿正直に信じられるほど子どもでもない。

小さくため息をついたとき、ようやく燗流が本題を切り出した。

「実は大家《ターチャ》から、今日はこちらに来られないと……」

「やっぱり……」

彼の言葉に、自分の想像が当たっていたのではないかと胸が騒ぐ。だが、燗流は翠蘭の言葉に驚いたように顔を上げると「ご存じなのですか？」と呟いた。

いや、彼だけではない。明玉も同じように口元に手を当て、驚いたように翠蘭の顔を見ている。

翠蘭が「あくまで推測だったけど」と言いながら頷くと、明玉は憤慨したように大声を上げた。

「翠蘭さま……！　おいたわしい……こんな酷い話を聞いても、普段通りに過ごしてらっしゃったなんて……！」

「ひ、酷い……？」

明玉はそう口にする途中で、突然感極まったのか泣き伏してしまう。その様子にただならぬものを感じ、翠蘭はぶるりと身体を震わせた。

こんなに彼女が取り乱すということは、もしかして憂炎の容態はかなり悪いのではないだろうか。

そういえば、彼の母も突然倒れたかと思うと、あっという間に衰弱してしまったと聞いている。その様子が自分の父の姿と重なって、翠蘭の顔から血の気がひく。

「そ、そんなに……？」

震える声で一言呟くと、明玉はわぁわぁと泣きながら「そうですよ……！」と大声を上げた。

その反応に、ますます焦りが生まれてくる。

「それなら……」

早く行かないと。

翠蘭は燗流を振り返ると、憂炎の元に連れて行くよう頼もうとした。

だがそこに、明玉の声が被せられる。

「片翼たる翠蘭さまがいながら、他の妃を迎えられるなんて……っ！」

「え……？」

思いもよらない情報に、思わず目が丸くなる。呆然とする翠蘭を見つめ、燗流が小さなため息をつくのが聞こえた。

◇◇◇

一方その頃憂炎は、颯永宮に腰を落ち着けた春燕のもとを訪れていた。

前触れもなくやってきたというのに、彼女は驚いた様子も見せず「来たね」と笑う。

「どういうつもりなんだ、春燕」

明らかに、彼女にはなんらかの思惑がある。そう確信し、憂炎は榻《こしかけ》にどっかりと腰を降ろすと、春燕を睨みつけた。

朝廷においては、こうして睨まれた相手が震え上がる眼光だが、春燕は薄く口元に笑みを浮かべると肩をすくめてみせただけだ。

それから、部屋の中にいた侍女に向かって「下がっていて」と命じると、隅にいた年かさの侍女がもの言いたげな視線を春燕に向けたのに気が付いた。だが春燕は小さく首を振ると、もう一度「下がりなさい」と強い口調で言う。

さらに憂炎が訝《いぶか》しげな視線をその侍女に向けると、彼女は慌てた様子で頭を下げ、そそくさと退室していった。

ぱたぱたと足音が遠くなるのを確認した春燕は、「ふわぁ……」と気の抜けたような声を漏らすと、座っていた榻《こしかけ》の肘掛けにもたれかかった。

「疲れたぁ……」

「……は？」

彼女の呟きに、憂炎は気の抜けたような間抜けな声をあげた。それを聞いた春燕は、くすりと笑うと身体を起こす。

そうしてじっと憂炎を見つめたかと思うと、しみじみとした調子でこう呟いた。

「本当に、あなたがあの美帆だなんて。信じられないわ……」

その表情は、先ほど謁見の間で見せたような、傲慢そうなものではなく、どこか昔を懐かしむような感情が溢れている。

だが、その口から次に出た言葉は多分に悪戯っぽさを含んでいた。

「……すっかりいい男ぶりになっちゃって。昔はあんなにかわいかったのに」

「おまえ……」

くすり、と笑った春燕は、はあ、と大きなため息を漏らすと小さな声で「ごめんなさい」と呟く。

それから周囲を見まわすと、囁くようにこう続けた。

「本当はね、私……別にあなたの妃になるつもりなんてないのよ」

密やかに告げられたそれは、おそらく春燕の本音だろう。諦め交じりの声音に、憂炎は自分の予想が当たっていたのだと知った。

「……叔母上の差し金か」

「そ」

再び榻《こしかけ》にもたれかかり、気怠《けだる》そうな表情を浮かべた春燕が、こくりと首を縦に振る。

「私はね、本当の本っ当に、そんな気は全然ないんだけど……」

「あられても困るが」

あまりにも重ねて言われると、それはそれでなんだか複雑な気持ちになる。だが正直な心持ちを憂炎が告げると、春燕は芝居がかった調子で「まぁ」と唇を尖らせた。

「酷くない？　それほど、あの片翼……だったかしら、翠蘭さまとやらがいいわけ？」

ああ、と頷きかけて——憂炎は話が逸れていることに気付いた。んんっ、と咳払いをすると腹の上で手を組み、春燕を睨みつける。

「そんなことより……叔母上はいったいなんだって、おまえを寄越したりしたんだ」

「さぁ……」

「さぁ、っておまえ」

春燕は側に置いてあった団扇を手に取ると、その飾りを指先で弄び始めた。目を伏せ、曲線をなぞる指先はきちんと磨かれていて、爪紅が塗られている。

つい先日まで女帝として生きて、女物を身にまとっていた憂炎だ、化粧品や装飾品から付き合いのある家や地方を割り出すことは、一般的な男よりは得意としている自負がある。

春燕が使っているのは、発色からして、西域からの輸入品だろう。

ふとそんなことが脳裏を過《よぎ》った時、春燕がぽつりと呟くように言葉を漏らした。

「……母は、まだ自分こそ正当な世継ぎだったと、そう思っているみたい」

「相変わらずか」

予想通りの言葉に、憂炎が相づちを打つ。春燕はそんな憂炎の反応に苦笑いを浮かべると、こくりと頷いた。

「朱雀の徴《しるし》なんて、そんなものただの伝承、おとぎ話だって。伯母上の身体にあった徴《しるし》も、あなたのも……全部、偽物だってずーっと言っていたわ」

いいや、言っている、が正しいか、と続け、春燕は大きなため息を付く。

その様子に、憂炎もつられて深い息を吐いた。

正直なところ、それはもうずっと……それこそ、物心ついたときからずっと梓晴に言われていることだ。

憂炎がまだ幼かった頃には身体を押さえつけられ、首筋をごしごしと擦《こす》られたことさえあった。

それでも落ちないと悟るや、庭院に投げ出された挙げ句そのまま置き去りにされ、風邪をひいて寝込んだことは、忘れられない記憶の一つだ。

身体を押さえつけられても性別がはっきり分からない子供の頃で良かった、とも思うが。

そんな過去に思いを馳せていた憂炎は、春燕の言葉ではっと我に返った。

「……でも、数年前からね、自分自身じゃなくて娘の私こそが正当な皇帝だって言い張り始めたの。ただ先々代の皇帝の長女から生まれた、一番上の娘だというだけでね。もうそれこそ、何度も何度も……耳にたこができそうなほどよ」

まあ、それだけならばまだ我慢もできた、とぼやくと、春燕は周囲をきょろきょろと見まわして誰もいないことを確認し、憂炎の耳元に口を近づけてひそひそと話を続ける。

「それだけじゃないの。何年か前から、若い男を囲ったかと思えば、怪しげな者が離れ宮に出入りするようになっていて……」

そこで言葉を切った春燕は、ふと考え込むような様子を見せた。眉間に軽く皺を寄せ、何かを思い出そうとするかのように空を睨んでいる。

「いいえ、そうじゃないわ……。あいつらが出入りするようになってから、だったかも……？」

小さくそう呟いた春燕は、額を抑えると大きなため息をつきながら首を緩く振った。

「まあ、そんなことを言っていたかと思えば、美帆……いいえ、憂炎が男だとわかった瞬間、今度は妃になれと言うの。もうね、私もいい加減疲れてしまって……母から離れたいのよ」

だからね、お願い——真剣な眼差しでこちらを見つめ、春燕が言う。

「本当に妃にしろとは言わないから、しばらくの間、ここに置いてちょうだい。ここならば、母もやすやすと手は出せないはずよ。もちろん、息のかかった侍女はいるけれど……」

「ああ……」

先ほど、春燕から離れることを渋っていた年かさの侍女の姿を思い出し、憂炎は小さく頷いた。なるほど、様子がおかしいと思っていたが、おそらく彼女は春燕の監視役なのだろう。

「面倒なことになったな……」

憂炎はそうぼやくと、ため息交じりに天井を仰いだ。

「なるほど、そのようなことが」

憂炎から書類を受け取った燗流は、小さく頷くとため息を漏らした。

彼は憂炎とは幼少期から共に過ごしてきたこともあり、梓晴の性格もよく知っている。それだけに、今回春燕が押しかけ妃となったことに対し、猜疑《さいぎ》の目を向けていたのだ。

心配そうに待っていた彼に事情を話すと、一応は納得した様子であった。

「では、春燕さまをしばらくは颯永宮に？」

「ああ」

憂炎は頷くと、燗流に「悪いがこれもだ」と書類を追加で手渡した。

「それは戸部へ持って行ってくれ」

「かしこまりました」

燗流は一礼すると、足早にその場を退出していった。向かう先は戸部、土地の管理や戸籍、俸給を管理する部署だ。その後ろ姿を見つめながら、憂炎は口元に手を当てて考え込む。

梓晴が帝位を諦めた、とは思えない。

百歩譲って自分ではなく娘の春燕に、と考え直したとしても、皇帝の座を憂炎から春燕に挿げ替えることを望むだろう。梓晴は美雨や憂炎が皇帝となったことを認めていないのだから。

その梓晴が春燕を憂炎の妃として送り込んできたのは、おそらく自分の目となり耳となる人間を後宮に置きたかったからだと思われる。

おそらくは、颯永宮で見かけたあの侍女だ。

だが――梓晴がそれだけで満足するだろうか。

(少し注意する必要があるか……？)

もし、梓晴が他にも後宮の中に自分の手足となるような人間を送り込もうとしていたのなら、少し前に後宮内の人事を一新したことは渡りに舟だっただろう。

そのなかに、自分の息のかかった者を紛れ込ませることもできたかもしれない。

(伯母の夫である羅はあれでいて、伯母のいいなりだからな……そちらから手を回していたら、なかなか骨が折れそうだ)

小さく息を吐くと、憂炎は残りの仕事を片付けるべく文机に向かい、筆を走らせるのだった。

第七話　凝る不安

それから約一週間。

憂炎は翠蘭のもとに「忙しい」という言付けだけを寄越し、まったく姿を見せない日々が続いていた。

これまでにも似たようなことはあったが、これだけ長く顔を見ないのは珍しい。

翠蘭は窓の外に目を向けると、はあ、と大きなため息を漏らした。

(そりゃまあ、憂炎は皇帝なのだもの……)

こういうことは、これからもあるだろう。慣れなければならないと思う反面、どうしても心にひっかかる事がある。

それは、新しく迎えたという妃——春燕のことだ。

(せめて、それくらいは直接話してくれると思っていたのだけど……)

一向にそんな様子のないことが、どうしても気持ちを重くする。なんとなく息苦しさを覚えて、翠蘭は大きく息を吸い込むと、勢いよく立ち上がった。

「明玉、いる?」

大きな声で呼ぶと、「はぁい」という少し間延びした返事と共に、明玉が姿を見せる。

「どうかなさいましたか、翠蘭さま」

「ちょっと、散歩にでも出ようかと思って。一緒に来てくれる？」

翠蘭が言うと、彼女はにっこりと笑って「もちろんです」と頷いた。それからいそいそと披帛《ひはく》を取り出してくると、翠蘭の肩にかけてくれる。

「外は少し寒いですが、大丈夫ですか？」

「ありがとう、大丈夫」

翠蘭は少し笑って頷くと、室から外に出た。

ほどよく暖められていた室内とは違い、外に出た途端ひやりとした空気が頬を撫で、一瞬だけ身が竦む。

けれど、山奥育ちの翠蘭にとっては、どちらかといえばこの空気はどこか懐かしさすら感じるものだった。

軽く目を細め、すうっと息を吸い込むと、足取りも軽く歩き始める。

（以前はこんな風に、散歩をするなんて思いもしなかったな……）

ここが男後宮と呼ばれ、女帝のために大勢の男たちが集められていた頃のことを思い返し、翠蘭の口元に苦笑が浮かぶ。

まだ男後宮が解体されてから一年も経っていないのだが、翠蘭自身の立場や環境が激変したため、遠い昔のように思えてしまう。

あの頃は、最初の半年は皇帝への復讐、憂炎と出会った後は真実の追求を第一に考えていた。それに加え、周囲が男ばかりという環境であることと。自身が性別を偽っており、それが露見することを恐れていたがゆえに、できるだけ与えられた室に引きこもる生活を送っていた。

後宮内には贅をこらした庭園がいくつかあると話には聞いていたが、そこへわざわざ足を運ぼうなどという精神状態でなかったことは確かだ。

それが出来るようになっただけでも、以前とは違うということがわかる。

「良い天気だわ」

「そうですねぇ」

後宮の中は、いくつかの宮と庭園で構成されている。そのほとんどが壁で仕切られているが、壮麗な建物は壁の外からでも見ることができた。

いくつかはかなり昔に建てられたものなのだろうか、朽ちるに任せているようなありさまだが、それでも過去の華やかさを伝えるには充分といえるだろう。

翠蘭が今使っている天青宮は三代前の婿が使っていた宮だ。それであの美しさを保っていたのだから、この古びた宮にはどのような歴史があるのだろう、と思いを馳せる。

それらを眺めながら歩いていると、前方に大きな門が見えてきた。そこには「景華《けいか》園《えん》」という看板が掛けられている。

皇城のなかで一番大きく、四季折々の景観が楽しめる場所だ。

(男の姿の時は、ゆっくりこんなところを楽しむ余裕もなかったけれど……)

聞くところによれば、四夫君《よんふくん》をはじめとする高位の婿たちは、ここで茶会や小規模な宴を開いていたのだという。婿同士交流を持とうという名目だったらしいが、要するに敵情視察というやつだろう。

そこでは、歌や踊り、そして楽器の得意な婿たちがそれぞれ腕を競いあっていたのだとか。

門を潜り、思わず感嘆のため息が出るような景観の中を歩きながら、翠蘭はそんなことを思い返していた。

（人の集まる場所にはあまり近づかなかったからな……）

精神的な余裕が生まれたのが解体直前であったから無理な話だが、今となっては出来る限り茶会にも宴にも誘われないよう立ち振る舞っていたのは惜しいことをしたかもしれない。宋貴嬪が主催する初秋の宴は、妬みの視線こそ苦しかったが色々な文化に触れられて楽しかった。

「翠蘭さま、お身体冷えていませんか？　移動しますか？」

「そうねえ、もう少しここで過ごしたいけれど。……明玉が寒いなら、戻ろうかしら」

「私なら平気ですよ！　田舎はもっと寒いですもん、慣れてます」

「ふふ、私もよ」

確かに冬の冷たい空気に長時間触れていたため、頬や指先が冷たくなっている。だが、それも故郷に比べたらどうということはない。

すうっと大きく息を吸い込み、翠蘭はゆっくりと目を閉じた。すると、風の渡る音や水のせせらぎ、ほんのりと香る木々の匂いが感じとれる。

そのどれもが故郷のものと変わりないように思えて、翠蘭はほっと息を吐き出した。

（父さま、母さま、皓宇……）

それと同時にまぶたの裏に浮かぶのは、懐かしい顔だ。ここのところ忙しくしていたこともあり、こうしてゆっくりと家族の顔を思い出すのは久しぶりだった。

というより――あえて考えないようにしていた、というのが正しいだろう。

父も母も、そして皓宇も、既にこの世にはいないのだ。それを思うと、未だに胸の潰れそうな思いがする。

それを和らげてくれているのは――

ふ、と息を吐き、翠蘭は目を開いた。一瞬陽の光のまぶしさに視界を奪われ、ぱちぱちと瞬きをする。

徐々に視界が戻った、その時だった。

「あら……あなたは」

そう声をかけられ、翠蘭ははっと振り返る。

そこに立っていたのは、大勢の供を連れた長身の美女であった。

黒く艶のある髪に卵形の顔。切れ長の瞳は長いまつげに縁取られ、その下からぬばたまの瞳がこちらを真っ直ぐに見つめている。

紅をさした唇は弧を描き、蠱惑的な雰囲気を醸し出していた。

見たことのない顔だ。だが、その面立ちに既視感を覚え、翠蘭は軽く目を細めた。

それを思い出すよりも早く反応をしたのは、翠蘭の供をしていた明玉だ。彼女は慌てて跪くと、深々と頭を下げた。

「……あ」

その反応に、翠蘭も遅れてその女性の正体に気付く。

（この方が……）

彼女が、噂に聞いていた憂炎の新しい妃だろう。確か名前は——

そこまで考えた時、目の前の女性がぱっと翠蘭の手を握ってきた。突然の事に驚き、何もできない翠蘭に向かって、彼女は満面の笑みを浮かべ、ぶんぶんと握った手を振ってくる。

「お会いしたかったわ……！　そう、あなたが翠蘭さま、でよろしいのよね？」

「え、ええ……」

勢いに押され、翠蘭は思わず頷いた。

そうすると、目の前の女性はますます笑みを深くし、「ふうん」と意味深な呟きを漏らした。

「そう、憂炎ってこういう子が好みなの……」

ふうん、ともう一度呟いた彼女は、更に翠蘭のことを、それこそ頭の先からつま先まで舐めるようにじろじろと見つめてくる。

居心地が悪くなり、翠蘭は軽く身をよじって彼女の手から逃れようとした。だが、相手の力が思ったよりも強く、逃れられない。

「あ、あの……」

翠蘭が戸惑ったような声をあげると、彼女はようやく「ああ」と何かに気付いたように目を瞬かせ、にこりと笑いながら手を離した。

「ごめんなさい、つい興奮してしまって。まだ名乗っていなかったわね。私は春燕。羅春燕よ」

「……楊翠蘭と申します」

軽く頭を下げ、翠蘭はふと彼女に対して抱いた既視感の正体に気が付いた。

こうして改めて見てみると、春燕は憂炎の女装姿によく似ている。

そういえば、確か彼女は憂炎の母方の従姉妹《いとこ》だ、と燗流が言っていただろうか。憂炎は自ら明かすまで性別を騙しきったあたり、母親によく似た顔立ちだったのだろう。

それならば似ていて当然だ。

(なるほど……)

母方の従姉妹《いとこ》、ということはつまり、彼女の母はかつて皇女であった人だ。相変わらず派閥には疎い翠蘭ではあるが、そんな彼女ですら皇女を娶った羅家のことは聞き知っている。

皇籍にはないとはいえ、彼女は大貴族のご令嬢というわけだ。背後に連れている供の多さも、身に纏《まと》った襦裙《じゅくん》が美帆時代の憂炎に勝るとも劣らないほど品良く華麗であることも、そう考えると納得がいく。

(やっぱり……私とは全然違う……)

あまり華美な服装を好まないということもあるが、翠蘭の服装はどちらかといえば地味な方だ。あまり煌びやかな装束は気後れしてしまうし、なにより似合わない気がして敬遠してきた。

それゆえ、誰のせいでもない、敢えて言うのならば自分自身のせいではあるのだが、自分と春燕の間には歴然とした差があると、そう感じてしまう。

と同時に、やはり、と諦観めいた思いが翠蘭の胸の内を支配した。

（憂炎も、気付いてしまったのよ……）

選択肢のなかった時は、翠蘭との間に子を設けるしかないと思っていただろう。そのために皓宇のことも調べてくれたし、その過程で宋尚書と貴婿が行った非道も詳らかになった。

そこまで苦労したこともあり、初めは自分を「片翼」などと呼び、正式な妃に——皇后に据えようと動いていたわけだが、時間が経つにつれ今度は自分がどんな美女でも思いのままにできる立場だと理解してしまったのだろう。

そうなれば、翠蘭などかえって邪魔者なのに違いない。

だからこそ、一週間も姿を見せずにいるのだ。

（だったら、素直にそう言ってくれたらいいのに……）

ずきり、と胸の奥が痛む。その痛みの正体を見なかった振りをして、翠蘭は唇をきゅっと引き結んだ。

そんな翠蘭の様子に気付いているのかいないのか、春燕はにこにこと笑いながら「かわいらしい方ね」と呟き、背後にいる侍女たちを振り返る。

「ねえ、あなたたちもそう思うでしょう？」

そう問いかけると、後ろに付いていた侍女たちは主人に阿ってか、「もちろん」「左様でございますね」などと口々に騒ぎ立てた。

「いえ、私は……」

もう、この場から立ち去りたい。だが、かしましく騒ぎ立てる侍女たちの声に遮られ、翠蘭の声は春燕に届いていないようだ。

どうすればいいのか計りかね、翠蘭はひきつった笑みを浮かべ、騒ぎが収まるのをじっと待つしかなかった。

「なんなんですか、あの方たちは！」

「明玉、落ち着いて」

結局、しばらく経ってから適当な用事をでっちあげ、翠蘭と明玉は自分たちの住む天青宮へともどってきた。

春燕はまだ何か話したそうにしていたし、最後に「一度、颯永宮にもいらしてね」と声をかけられ頷きはしたが、とてもではないが行く気にはなれなかった。

というか。

「まったく、無礼な話ではありませんか？」

お茶を運んできた明玉が、ぷりぷりと怒りながら言う。翠蘭は礼を言ってそれを受け取ると、肩をすくめて苦笑した。

「仕方がないわ。春燕さまは、仮にも憂炎の……陛下の従姉妹《いとこ》なのだもの」

「そうですけれど……この後宮では、翠蘭さまが一番偉いんですから」

ふん、と鼻息も荒くそう主張し、明玉は盆を抱えて唇を尖らせる。そんな彼女の言い分はありがたいが、実際のところ翠蘭は未だ正式には妃ではない。

夜ごと憂炎が通ってきていたから、事実上そうだと認められていたに過ぎないのだ。

しかも――未だに翠蘭が「はい」と言っていないからか、彼とは褥《しとね》を共にしてはいない。

ただ、同じ部屋で寝ているだけの間柄だ。

（……今となっては、それが功を奏すかもしれないわ）

憂炎とて、実際に手をつけてしまっていれば翠蘭を追い出すのに心苦しさを感じるだろう。だがそうではないのだし、未だ正式な身分のない翠蘭ならば後宮を出るのは容易いはずだ。

男後宮のことを思えば、妃は幾人いてもいいはず。だから翠蘭はここに残るという選択肢もある。春燕も、上流貴族の娘として育ってきた女性だ、自分も妃になれるのであれば、他にもいても序列に口出ししてくるくらいで納得はしてくれるだろう。実家の地位を思えば、春燕、翠蘭、という序列になるのが妥当か。

だがそれを選ぶ気には、翠蘭はなれなかった。

序列が気に喰わないのではない。自分の目の前で、憂炎が他の女性の手を取る姿を見たくないと、そう感じている自分に気付いてしまったからだ。

次いで、そもそも憂炎の心変わりも春燕が妃になるかどうかも、未だ正式な事実ではないことに思い当たった。

(何を考えてるの……)

憶測ばかりで、つい悪い方にばかり思考が偏っている。

ぶんぶんと頭を振ると、翠蘭は尚もぶつぶつと文句を言う明玉から視線を逸らし、赤く塗られた格子窓から外を眺めた。

東の国では秋の日はつるべ落としと言うそうだが、朱華国の冬は尚更だ。外は既に日が落ちて暗くなり始めている。庭院に咲く白い小さな花がちらほらとその姿を見せているが、それがなんなのかまではよくわからない。

ただ、それが妙に気になった翠蘭は、榻から腰を上げると窓辺へと近づいた。

その時だ。

「え……？」

その視界を遮るように、人影が目の前を横切っていく。落ちきる前の夕陽に照らされたその影は逆光になって黒く、誰のものとはすぐにはわからなかった。

わかるのは、それが男性のものであると言うことだけ。

その瞬間、脳裏を彼の面影が過《よぎ》った。

どきり、と胸が大きな音を立て、期待してしまう自分を馬鹿みたいだと思いつつも、扉のある方へ目を向けてしまう。

と、そこから姿を見せたのは、先ほど脳裏に思い描いた憂炎であった。

「翠蘭」

そう名を呼ばれただけで、また心臓が跳ねる。それを誤魔化すように、翠蘭はぷいと彼から顔を背けた。

「お元気そうで、何よりです」

「ああ、まあな……」

彼は珍しく歯切れ悪く口を濁すと、どかりとそばにあった榻《こしかけ》に腰を下ろした。そこへ、明玉が茶を運んでくる。

翠蘭も彼の向かいに腰を下ろし、同じように茶に口をつけつつ、彼の様子を窺った。一週間と数日ぶりに見る彼の顔は、心なしか少し疲れているように見える。どうやら、忙しいというのは嘘ではなかったらしい。

ただ、その間にも春燕のところには顔を出していたと聞いているだけに、なんだかもやもやしてしまうのは仕方がないだろう。

そこまで考えてから、ふと翠蘭は自分の考えの馬鹿らしさに気付いて苦笑してしまった。

（さっきまで、ここを出て行っても良いと思ってたはずなのに……それは、自分が身を引いて憂炎を春燕さまに譲るということなのに）

それが、彼の顔を見ただけで揺らいでいる。ふ、と小さく息を吐き、翠蘭は自嘲の笑みを浮かべた。

結局その日も、憂炎から新しい妃に関する話を聞くことは出来なかった。

それから二日ほど経った日のこと。

天青宮を一人の侍女が訪れた。彼女の名は玲玲《レイレイ》といい、羅家から春燕についてきた侍女だそうだ。見たところ、歳の頃は明玉と同じくらい。まだ少女と呼んで差し支えないくらいの背格好だ。

その玲玲は、少々緊張した面持ちで翠蘭の前に膝をつくと、しゃちほこばった調子で挨拶の言葉を口にした。

「お目通りをお許しいただきありがとうございます」

「は、はい……」

翠蘭は思わず背筋を伸ばし、どぎまぎしながらそう答えた。

公式の場に出ることのない翠蘭は、こんな風に畏まった態度をとられることなどほとんどない。どう対応していいのか分からず、戸惑ってしまう。

だが、彼女もまた緊張しているせいだろう。そんな翠蘭の戸惑いには全く気づく様子もなく、春燕からの言伝を読み上げた。

「お茶会……？」

「はい！」

大役を果たして力が抜けたのか、玲玲は元気よく頷くと、きらきらとした目で翠蘭を見つめる。

そんな目で見つめられては、翠蘭としては断りの言葉を口にすることができなかった。仕方なく頷くと、玲玲はぱあっと満面の笑みを浮かべ「ありがとうございます」と辞去していった。

結果的に春燕側の人間に押し負けた形になってしまい、明玉はあからさまに不機嫌となった。

「もう、翠蘭さまったら……どうして了承なさったんですか？　てっきりお断りするものと思いましたのに」

「いや、なんか……断りづらくて」

お茶会のため、さすがにいつもの格好では、と装いを改めることにしたのだが、その手伝いをする明玉はまだぷりぷりと怒っている。

そんな彼女の苦笑を返しつつ、翠蘭は小さく肩をすくめた。

すると明玉は「ほら、動かないでくださいませ」と短く言うと、手にした紅筆で唇に赤い色を載せていく。

「うう、なんかペタペタする……」

普段は化粧などしない翠蘭だから、なんだか違和感を覚えるが、我慢するしかないだろう。それでも、と小さな声で泣き言を漏らすと、明玉から叱責が飛んでくる。

「これくらいせねば、舐められっぱなしですよ！」

別にそれはいいのだけれど、と口にしかけ、翠蘭は口をつぐんだ。

明玉にしてみれば、きっと仕える相手が「皇帝の片翼」であり、一番の妃であることが誇りであり自慢なのだろう。

その地位が脅かされているからこそ、これほど春燕に対して敵意を燃やしているのだ。

（そういえば、男後宮にもいたな、こういうタイプ）

自分自身が婿になりたいのではなく、自分がこれぞと見込んだ相手にこそ婿になってほしいタイプ。そこに相手への忠義や親愛がある人間ならまだいいのだが、「婿に相応しい人間に仕えている自分」に価値を見出すと、途端に話が拗《こじ》れてくる。

明玉の場合、まだ少女と言っていい年頃であるから、そこまでどろどろとした思惑はないだろう。しかし、年若いからこそ、せっかくお妃さまの侍女になれたのに！　と、翠蘭自身の感情を脇に置いて躍起になっているところが垣間見える。
小さく息を吐き、翠蘭は諦めて明玉のするままに身を任せた。

そうして準備を整え訪れた颯永宮は、思っていたよりも後宮の端に位置していた。さほど大きな宮でもなく、新しいと言うほどでもない。

そのことを、翠蘭は意外に思った。

なぜなら、男後宮が解散して後、ほぼ全ての宮が空になっている。もっと憂炎の住まう宮に近く、なおかつ広くて美麗な場所も空いているのだ。

だというのに、わざわざこんな遠い場所を選ぶなんて。

そう思いつつ門を潜り、案内の侍女に連れられて歩いて行く。

中に入ってみれば、古びているのは外観だけで、柱はつやつやになるまで磨きあげられ、壁面には大きな朱雀の絵が飾られている。案内された室の中には金で装飾を施した美しい卓子《テーブル》に椅子、それから青磁の壺や西域からの渡来品である玻璃の盃などがこれでもかと並べられていた。

翠蘭は目利きなど出来ないが、下手をしたら紅玉宮にあるものよりもこちらの調度品のほうが高価なのではないだろうか。

まるで、ありあまる財力を誇示するかのような派手さに度肝を抜かれつつ、案内された席に座る。

「いらしてくださって、うれしいわ」

「いえ、お招きに預かりまして……」

艶やかな装いの春燕は、先日庭園散策の折に会った時よりも、品良く更に輝いて見える。そんな彼女に微笑みかけられ、思わずドギマギしてしまう。

それと同時に、自分の装いがなんだか恥ずかしく思えて、翠蘭は思わず下を向いた。

明玉は似合っていると言ってくれたが、着慣れていない華美な襦裙《じゅくん》も、髪に挿した簪も、化粧も――なにもかもが自分に似合ってないような、そんな気がしてくる。

そんな翠蘭の様子に、春燕は気付いていないようだった。にこにこと笑顔のまま、あれやこれやと翠蘭に薦めてくる。

「さ、翠蘭さま……こちらをお召しになって。甘いものがお好きだと、憂炎から聞いたわ」

「あ、ありがとう……ございます」

皿の上には、山のように幾種類もの酥が積まれている。他にも、糕や豆を甘く煮たものなどが並べられ、甘い香りがあたりに充満していた。

春燕はにこやかにそう言うが、「憂炎に聞いた」という一言が、どうにも気にかかってしまう。

（私には、春燕さまのことなど一言も話してくれないのに……）

先日やっと姿を見せた憂炎は、翠蘭の近況を聞くだけ聞くと、あっという間に帰ってしまった。

せめて春燕のことだけでも彼の口から聞きたいと思っていたが、それも叶わなかったのだ。だというのに。

（春燕さまには私の話をしている……？）

そのことに、なんとなくもやもやする。つまり、春燕とは自分よりも確実にたくさんの時間を過ごしているということだ。

それにしても、いったい自分の事をどう話しているのだろう。気になりつつも、春燕の視線に促され、酥を一つ手に取り口に運ぶ。そうすると、口の中でほんのりとした甘さが広がり、翠蘭は思わず口元に笑みを浮かべた。

甘いものはいつだって、ささくれた心を癒やしてくれる。いいものだ。

そうやって、どうにか心を落ち着けようとする。

「お気に召していただけた？」

「はい」

春燕の言葉に、翠蘭は素直に頷いた。すると彼女は、ぱっと明るい笑顔を浮かべ、自らも酥を手にし、口へ運ぶ。

「よかったわ、ここの酥はお気に入りなの。子どもの頃から、同じ店のものをとりよせているのよ」

「そうなんですか」

仮にも皇族に準じる身分の春燕が、幼い頃から食べているというのなら、それこそ大店の良い菓子なのだろう。

名前を聞いておきたいが、残念ながら自分では手が届かないかもしれない。そんなことを思いつつ、最後の一口を口の中に入れる。

その様子を見守っていた春燕は、懐かしそうにこう話した。

「そういえば、美……ううん、憂炎も、ここの菓子は好きでね。包んで持って行ってあげると、すごく喜んだわ……」

ている。

「そ、そうなんですか……」

「あの頃の憂炎は、本当にかわいくて……私、妹みたいに思っていたの。あの頃は憂炎のことを女の子だと信じて疑っていなかったし」

当時のことを思い出したのだろう。春燕の話しぶりは、どこか懐かしげな色を帯びている。

ふふ、と含み笑いを漏らした春燕は、楽しくなったのか次々と彼の子どもの頃の話を始めた。

「憂炎ったら、それで池に落ちてしまって。私、とんでもないことをしたって真っ青になってしまったわ……」

そんな、憂炎の話をいくつか聞いた頃のことである。にわかに宮の入り口あたりが騒がしくなり、ばたばたとたくさんの足音が聞こえてくる。

何かがあったのだろうか、と一瞬身を強張《こわば》らせた翠蘭だったが、耳に飛び込んできた声に目を丸くする。

「おいっ、春燕……っ!」

どたどたと足音も荒く姿を現したのは、憂炎であった。彼は「あら」と口を押さえた春燕を見つけると、ぎりぎりと歯ぎしりしながら彼女に詰め寄る。

「おまえ、何をやってるんだ」

「いいじゃないの、私だって翠蘭さまと仲良くしたいのよ」

「またそんな……！」

二人の会話は気安く、先ほどまで聞いていた過去の話も相まって、なんだか間に入れない――そんな仲睦まじさを感じさせた。

そのことに、翠蘭の胸がずきりと痛む。

（それに、二人ともすごくお似合い……）

初めて春燕を見た時には、憂炎に似ていると思ったが、こうして並んでいるところを見るとまさに「一対」という雰囲気がある。

艶のある黒髪と、切れ長の瞳、それから華美な服装に負けないだけの美貌を備えているからだろうか。

正直なところ「片翼」などと呼ばれている自分などより、春燕の方がよほど彼の隣にいて様になる。

そう思うと、なんだか自分の存在がとんでもない邪魔者のように思えてきて、翠蘭はうまく笑えなくなっていった。

第八話　まじない

翠蘭一人が肩身の狭い思いをした、春燕との茶会から数日後。

「まあ、また……⁉」

廊下の方からそんな大声が聞こえてくる。怒りを含んだその声の主が明玉であることに気付き、翠蘭は首を傾げ室の外へと足を運んだ。

すると、朱塗りの柱の前で、明玉がぷんぷんと怒りながら何かを片付けようとしている姿が見える。

「どうしたの？」

翠蘭がそう尋ねると、明玉は「あっ」と小さく声をあげ、それから背後のものを隠すように立ちはだかると慌てたように首を振った。

「いえ、なんでも……！」

ぶんぶんと首を振りながら、彼女は何もないと主張した。だが、明らかに背後を気にしているのがわかる。

翠蘭は「何か隠しているでしょう」と呟くと、明玉の肩越しにその背後を確認した。

するとそこには、何やら奇妙な文様と、それから文字のようなものが書き付けられている半紙が散らばっている。

「なに、これ……」

こんなものを、翠蘭は見たことがない。けれどなんだか、その半紙からは嫌な空気が漂っているように感じられた。

思わず手を伸ばそうとすると、慌てた様子の明玉が「いけません」と鋭い声をあげる。

「明玉？」

どうやら、彼女はこれがなんなのか知っているらしい。様子のおかしい明玉が気になり問い詰めると、彼女は観念した様子で口を割った。

「これは、まじないの紙なんです」

「まじない……？」

翠蘭は、訝しげな調子で聞き返した。

まじない、というのならば、まあ翠蘭の住んでいた山奥でも、それなりに聞いたことがある。というか、里の老婆などは「これは作物が良く実るまじない」などといって、灰を地面に撒いたりしていた。

だが、知っているのはそんなごくごくありふれたものだけだ。

このように、半紙に何かを書き散らかして撒くなどという行為から、産まれるものはあるのだろうか。

そんな翠蘭の戸惑いは、次の明玉の言葉で驚きに変わった。

「……これは、その……相手の家に撒くと、主人が病気になるとか、そういう類《たぐ》いのまじないなのです」

「え、そんなものが⁉」

翠蘭は改めて、散らばった半紙に目をやった。確かに、なんとなく不気味な感じのする模様だが、果たしてそんな力がこんな紙にあるのだろうか。

というか、そんなもの、まるで——

「まじないというよりも、もう呪いじゃない……？」

小声でそう呟くと、明玉は小さく頷いた。

「話に聞いたことがあります。こういうもの……つまり、まじないというのは、術師が扱う呪いが人々の間に広まったものだと。これも、力ある術師が使えば呪いになるのかもしれません。形だけ真似した嫌がらせだとは思いますが、万一、ということがありますので、翠蘭さまは触れないでください」

まるで、誰かに聞かれでもしたらと恐れるように、明玉は小声でそう言うと紙を集め始めた。その手慣れた様子から、この紙が撒かれるのは今日が初めてではない、ということが窺い知れる。

その理由に思い当たって、翠蘭は背筋がぞっとするのを感じた。

(まさか、このまじない……)

狙われているのは、自分なのか。こんな、子ども騙しのようなまじないに頼ってどうにかしたいほど、自分を邪魔に想っている人間が後宮の中にいるということだろうか。

翠蘭はぶるりと身を震わせ、自らの身体を掻き抱いた。

しかし、明玉一人に背負わせてなるものか、と、今後はこのような嫌がらせがあれば自分に報告するよう言い含める。翠蘭の手を煩わせるわけには、と渋っていた明玉も、最終的には納得してくれた。

明玉による健気な隠ぺい作業がなくなると、それこそ毎日のようにまじないは届いた。術の効果が出ないという意味でも、翠蘭たちが慣れてしまったという意味でも、無意味だと知ったのか、しばらくすると嫌がらせは更にエスカレートする。

とはいえ、庭に汚物が巻き散らかされているだとか、鼠の死骸が投げ込まれているだとか──そういった、どちらかといえば精神的ダメージをこちらに与えてくるようなものばかりだ。

男後宮時代に、嫌がらせに慣れていた翠蘭にとっては、あまり効果があるとは言えなかった。陰湿ではあるが身体的にどうこう、という危険を感じないぶん、落ち着いて対処できる。

当たり前のように片付けようとする翠蘭を見て、明玉がぽかんとしていたほどだ。

とはいえこのまま放置し続ければ余計な仕事が増える。

問題は、それを行う人間を特定できないことだ。

（うーん……）

今日も、廊下になにやら紙が撒かれていた。その中に「恨」という文字を見つけ、翠蘭は小さな唸り声を上げた。

「恨、か……」

どうやら、この嫌がらせの主は翠蘭を恨んでいるらしい。

（となると、やはり春燕さまは候補から外れるのよね……）

触ってはいけない、と騒ぐ明玉をどうにか宥め、持ち帰ったその一枚を眺めながら、翠蘭は独りごちる。

嫌がらせが始まったのは、おそらく春燕が後宮に入ってからだろう。だが、彼女がこれを行っていると考えるのは短絡的だ。

あまりにもあからさますぎるし、なにより春燕の性格に合わない気がする。

表向きは友好的に接して裏で陰湿な嫌がらせをする人間がいることも知っているが、春燕はそのタイプではない。翠蘭が気に入らなければもっと明確に敵対してくるだろうし、今までかけられた言葉は――ともに憂炎から寵愛を得る者同士、という翠蘭にとっては受け入れられない前提はあるが――仲良くしましょう、という好意しか感じられない。

距離を置いているのは、翠蘭が勝手に引け目を感じているだけだ。

とすると――

（春燕さまが把握していない、侍女の仕業……とか……？）

あるいは、その面々に罪を被せようとする勢力か。

翠蘭のことを、認めない一派がいる。憂炎は隠しているようだったが、人の口に戸は立てられない。

現在の体制を認めない者達が最も異を唱えているのは翠蘭の存在であると、噂は巡り、翠蘭自身の耳にも届いていた。

でなくとも、予測は付く。なにしろ、当人でさえ戸惑っているのだ。

長らく朱雀の化身たる女帝の治める国であったこの朱華国において、いきなり男の皇帝が現れ、なおかつ「片翼」という存在があるなど――古文書にそう記されていたからといって、素直に受け入れられるかと言えば、答えは否だ。

(その勢力が、嫌がらせをしている……?)

だが、そうだとすればあまりにも稚拙なやり方であると言わざるを得ない。

蝶よ花よと育てられた繊細なお嬢様ならともかく、翠蘭がこの程度の嫌がらせで身を引くと思っているのだろうか。翠蘭の出自が詳しく知られていないにしろ、逆に誰もが知るような名家の出身ではないことは分かるだろうに。

「……うーん」

頬杖をつき、翠蘭は格子窓の外を見つめながら小さな唸り声を上げた。

明玉からは、憂炎に相談するべきだと再三言われているが、忙しい彼にこれ以上手間をかけるわけにはいかない。

（これくらい、自分で解決しなきゃ……）

はあ、と小さく息を吐き、翠蘭は髪に挿した簪に手をやった。

あの日、西の市で憂炎に買って貰った簪だ。

（そうだ）

たしか、あの西の市――端の方に、占い師の姿があったはずだ。まじないを扱う者でも術師でもないが、不思議な力を扱うという点で朱華国では似たようなものとして扱われている。第三者から見れば楊家の癒やしの力のほうがよっぽど不可思議で怪しげなものなのかもしれないが、それはそれ、これはこれだ。

なにかしらヒントが得られるかもしれない。

それに――

（少しは気晴らしになるかも）

ここのところ、気の塞ぐようなことばかり起こっている。翠蘭はそう思い立つと、隠し棚の中にしまっている襦裙《じゅくん》を取り出し、着替えを始めた。

◇◇◇

「なにも、大家《ターチャ》が自らそんなことをせずとも……」

「ばか、ここでその呼び方をするんじゃない」

この日、憂炎は宮城を抜け出し、皇都の西区を歩いていた。その後ろを付いてくるのは燗流だが、互いにいつもとは違い、地味な袍に身を包んでいる。

だが、二人揃って美男ということもあり、明らかに貴族の子弟がお忍びで歩いている、という雰囲気を隠せてはいない。周囲からちらちらと視線を向けられ、苦い顔をするのは燗流だ。

「大……いえ、憂炎さま、私達目立っていませんか」

「だから、ついてくるなと言っただろうが」

慣れている憂炎は堂々としているが、燗流はおどおどしている。それが余計に人目を惹く原因だ。

憂炎は小さく肩をすくめると、目的地に向かって更に歩くスピードを上げた。このまま燗流に構っていては、日が暮れてしまう。

「ここか……」

目的地は、西区にある離れ宮。今は梓晴が住んでいる場所である。

意外と広く、坊二つか三つ分はあるだろう。元々皇族が籍を離れるときに住まう目的で建てられた離れ宮は、青銅色の立派な瓦屋根が美しい本殿にこの国の神獣である朱雀を象った飾り瓦が飾られ、その威容を示している。

朱塗りの柱は鮮やかで美しく、白い壁とのコントラストが美しい。

これもかなり昔の建物であるはずだが、手入れが良かったのだろう。

今見ても荘厳で、美しい宮である。門構えも立派だ。

「おっと……」

憂炎が到着したとき、そこには西域から来たとおぼしき外見の一団が、衛士となにやら話しているところだった。

しばらく様子を見ていると、彼らは無事に門の中へと入ることに成功したようだった。重たい音を立てて開いた門扉は、ふたたびぎぎぎと音を立てて閉じられる。

「こちらは、普段から門を閉めているのですね」

憂炎の背後で、燗流が今気付いたとでも言うように呟いた。憂炎は振り返ると頷き、再び門扉へと視線を戻す。

「誰も住んでいなかった時はともかく、今は梓晴伯母が住んでいるからな。いくら衛士が立っているとはいっても……」

そう話している間にも、旅商人とおぼしき荷物を抱えた男や、踊り子、果ては楽団らしき一団までが門の前に立ち、衛士に話しかけたかと思えば中へと案内されていく。

「見てください、憂炎さま。彼ら、随分大きな荷物を持ってきましたね」

「そうだな……」

憂炎はそう呟き、荷物がなんなのかよく見ようと身を乗り出した。その時、ひゅうとひときわ強い風が吹き、楽団員の一人が被っていた頭巾がはらりと落ちる。

その顔を見て、憂炎は息を呑んだ。隣で見ていた燗流も、驚いたように声をあげる。

「すごい、美男子ですね……」

「ああ……」

同じ男から見てもそう思うくらいだ。世の女性たちならば放っておかないだろう。

どこか危うげな色気のあるその姿に、ふと憂炎の脳裏を春燕の言葉がよぎった。

『若い男を囲って……』

あ、と何かが脳内でカチリと音を立てる。門の中に入るときのスムーズさといい、おそらく彼が春燕の言っていた梓晴の愛人なのだろう。

（だが、何か気になる男だな……）

どうにも気になる。だがそれがなにゆえなのか、憂炎にもわからなかった。

それから何時間か離れ宮の前を見張っていたが、特別収穫はなかった。不満を抱えたその帰り道、憂炎は見覚えのある後ろ姿が歩いているのに気が付く。

燗流に先に戻るように命じると、憂炎はその人影を追った。

「翠蘭？」

「え？　ゆ、憂炎……？」

声をかけられた女性——翠蘭はびくりと肩を揺らして振り返ると、憂炎の姿を見て驚いたように声を上げた。

だが、驚いたのは憂炎も同じだ。まさか、一人で宮城を抜け出してくるなんて。

しかし、こんなところで会えるとは幸運だ。

最近は、春燕に心を移したように見えるよう、彼女の元にばかり足を運んでいる。

梓晴が何かを企んでいるとしたら、その矛先が翠蘭に向かないように、だ。

だが、宮城の外でなら彼女の目も届かない。

もし、あの侍女以外の誰かを送り込んできているとしても、目が届かないはずだ。

内心うきうきしながら、憂炎は翠蘭に話しかけた。

「おい、出かけたいなら俺に……」

途中まで出た言葉は、だが少し怒ったような翠蘭の声に遮られる。

「憂炎は最近忙しいようだから」

「は？　なんだ……なかなか会いに行けないから、怒っているのか？　それとも……」

予想外の反応に面食らい、憂炎は目を丸くした。

目的あってのこととはいえ、彼女に何も話さずしばらく距離を置いていた。寂しがらせただろうか、失望させただろうか。支障は出てしまうが、話したほうが……

だが、そっぽを向いた翠蘭の耳がほんのりと赤いことに気付き、そんな場合ではないと思いつつ、内心にんまりと笑みを浮かべる。

（相変わらず、意地っ張りだな）

おそらく、こちらに思うところはある。だが、それよりも会えて嬉しい、という気持ちが勝ってしまって、それを見せないようにしているのだ。

更に言えば、儘ならない自分の感情を持て余して、心をかき乱す振る舞いをする憂炎にではなく自制がきかない自分自身に怒りが向いている。そんなところだろう。

翠蘭は、自分の事を以前よりは好ましく思ってくれている。

そういった機微に気付かない憂炎ではない。

きっと今憂炎が彼女に子作りを迫れば、頷いてくれるだろう。そんな確信もある。

だが、くすりと笑うと、それが翠蘭をますます苛立たせたようだった。

「そんなことありませんけど！」

厳しい口調で断言すると、翠蘭は肩を怒らせてずんずん歩いて行こうとする。憂炎はその後を慌てて追いかけた。

「おい、一人じゃあぶないだろう」

「大丈夫です」

相も変わらず翠蘭の言葉は冷たい。だが憂炎は、ツンとした様子でさっさと歩き出す彼女の後に続くと、西の市を見て回った。

ここのところ、忙しさに紛れて宮城を抜け出すこともなかったため、久しぶりに外を歩くのはそれだけでも気分が良い。翠蘭が横にいるのなら、なおさらだ。

西の市は、皇都の二大市場だけあって今日も盛況だ。自身の行う政策がうまくいっている証拠だと誇らしく思える。

「おい、あそこ……」

以前行ったのと同じ菓子を売る店が前方にあることに気付き、憂炎は傍らの翠蘭を振り返った。だが彼女は何か気になることがあるのか、しきりに辺りを見まわしては難しい顔をしている。

「……翠蘭？」

「あ……」

憂炎が名前を呼ぶと、翠蘭はびくりと肩を震わせた。髪に挿した簪がしゃらりと揺れ、まだ高い太陽の光を反射してきらりと光る。

その光に目を細めた憂炎は、あることに気付いてにやりと笑う。

「それ、気に入ってくれているのか」

「……っ」

翠蘭の髪に挿してあるのは、以前憂炎がここで買ってやった、さほど高くもない簪だ。あれから翠蘭には、もっと高価で良いものをいくつも贈ったはずだが、それも捨てずに取って置いてくれたらしい。

そのことが妙にうれしくて、思わず顔がほころぶ。

指摘された当の翠蘭はといえば、一瞬顔を真っ赤にしたかと思うと、それを隠すかのようにそっぽを向いた。

「こ、これは……その、こういう時に……使おうと思って……」

そう、他にはお忍びで使えるようなものがないから、ともごもごと続ける翠蘭。だが、そう言いながらも頭に手をやり簪に触れる手つきは優しい。

憂炎はますます愛しさが募るのを感じていた。

◇◇◇

まさか、こんなところで憂炎に会うなんて。

おかげで、今日の目的は果たせなかった。

懐の中にしまった例の半紙を上から押さえ、翠蘭は小さなため息をついた。

今は、西の市から二人並んで帰途についているところだ。

横を歩く憂炎の横顔をそっと盗み見た翠蘭は髪に挿した簪に手をやり、指で撫でた。

男装をする生活から、女の格好をする生活になってから、憂炎はたくさんの装飾品を贈ってくれていた。そのどれもが、この簪など及びも付かないほどの高価なもので、彼が間違いなく皇帝だということを翠蘭に教えてくる。

けれど、その中にあってさえ——この簪が、翠蘭は一番好きだった。

(だって、似合っているって、あなたが言ってくれたから……)

普段この格好をさせられないのが、残念なほどだと。

だからこそ、捨てられない。たとえ宮城内では場にそぐわずつけられないとしても。

けれどそれを、彼が覚えていてくれるとは思ってもみなかった。

じわり、と胸の奥に温かいものが広がっていく。

(やっぱり、離れたくない……)

こうして側にいると、ますますその思いが強くなっていく。どうしてだろう、と思った時——不意に憂炎がこちらを振り返った。

「翠蘭」

こちらを見る彼の目つき、口元に浮かんだ笑み、そして名を呼ぶ声の優しい響き。

どきり、と心臓が大きな音を立てる。

その全てが自分に向けられているということに、言い知れない幸せを感じ、翠蘭はふわふわとした気分で彼の顔を見上げた。

その時ようやく、自分でも気付く。

(ああ、こういうこと――)

憂炎も、同じように感じてくれているのだろうか。

こうして、彼の側にいたいという気持ち。彼がこちらを見てくれることで得られる幸せな気分。

(もう私、とっくに……彼の言う「片翼」のこと、わかっていたんだわ)

離れようと思っても、離れられない。そういうもの。

ならば、腹をくくるしかない。

「どうした?」

「いや、なんでも」

ここのところ、思い悩んでいたのが馬鹿みたいだ。自分は自分にできることをして、彼の側に居続けるための努力をしよう。

ぎゅっと拳を握り締め、翠蘭は心の中でそう呟いた。

「あ、す、翠蘭さま……ぁ！」

天青宮に戻った翠蘭を待ち受けていたのは、目に涙を浮かべ、おろおろと宮の門前を行き来していた明玉だった。

（しまった……）

目的を果たしたらすぐに戻るつもりだったから、彼女に何も告げずに抜け出してしまったのだ。

あわてて駆け寄ると、明玉ががっしりとしがみついてくる。よほど不安だったのか、身体が小刻みに震えているのが愛らしい。

ごめんね、と耳元で囁くと、明玉は鼻を啜《すす》りあげながらぶるぶると首を振った。

「翠蘭さまがご無事でよかったです……！　もしあと一刻ほど経ってもお戻りにならなかったら、燗流を呼んで陛下にお話ししようかと思ってました……」

翠蘭の不在に気付いてからどれくらいの時間が経っていたのかはわからないが、かなり不安な思いをさせてしまっていたようだ。一気に気が緩んだのか、明玉は泣きながらそう話すと、またずびびと鼻を啜った。

もう、と翠蘭は苦笑し、懐に入れていた手巾を取り出そうと手を入れる。

その時だ。かさり、と小さな音と共に、一枚の紙片が地面に落ちた。あ、と翠蘭が手を伸ばすより早く、後ろから伸びてきた手がそれを拾う。

「っ、憂炎……！」

「なんだ、これは？」

拾い上げるときに広がってしまったのだろうか。そこには複雑怪奇な文様と共に、「恨」の一文字が大きく書かれている。

それがどのような意味を持つか、どれだけ鈍い人間でも理解できるだろう。

予想通り、憂炎はすぐにこれがなんなのか思い当たったようだった。小さく息を呑むと、みるみるうちに険しい顔になる。

「これは……」

「……憂炎、とりあえず中に入ろう。明玉も」

門の前で騒ぎたてれば、いかに人の少ない後宮とはいえ誰に見られるかもわからない。翠蘭は二人を促すと、天青宮の中へ入った。

いつも過ごしている奥の部屋へと連れて行き、扉をしめて息を吐く。

「え、ど、どういうことですか……!?」

ここへ来てようやく、明玉は翠蘭と共にいた人物が憂炎であることに気付いたようだった。しきりに目を瞬かせ、驚いたように翠蘭と憂炎の二人を見比べている。

翠蘭は小さく肩をすくめると「まあ、話すと長くなるから……」と憂炎を振り返った。

彼はそんな翠蘭をちらりと見やると「そうだな」と頷いてみせる。

「明玉、茶を淹れてもらえるか」

「そうね、長くなりそうだし……落ち着いて話がしたい」

二人にそう言われ、明玉は大きく息を吸い込むと「かしこまりました」と準備のため室を出て行こうとした。

だが、その直前で翠蘭はある物に気づいた。「あら?」と声をあげる。

「明玉、ちょっと待って。この箱は?」

「あ、ああ……」

翠蘭が指摘したのは、卓子《テーブル》の上に載せられた箱だった。美しく漆で塗られたもので、明らかに高価そうなものだと一目でわかる。

翠蘭が抜け出す前にはこんなものはなかったので、いない間に誰かが持ってきたのだろう。

そう思い、明玉なら知っているだろうと振り返ると——なぜか彼女は、歯切れの悪い返答を返してきた。

「その……そちらは、春燕さまから……」

「春燕が？」

その言葉を聞いて反応したのは憂炎だった。つかつかと卓子《テーブル》に近づくと、箱を開ける。中に入っていたのは、茶葉のようだった。

それを手に取り、憂炎が匂いを確かめる。

「ふむ……」

憂炎は顎に手を当て、小さな呟きを漏らした。それからしばらく何かを考えた後、明玉を振り返ってその茶葉を差し出す。

「折角だ、これをいただこうか」

「え、憂炎？」

「こ、こちらをですか……？」

その言葉に、戸惑ったのは翠蘭だけではなかった。明玉もまた、目を見開き驚いたように憂炎を見つめている。

「そ、それは……」

しんと静まりかえった室内に、ごくりと明玉がつばを飲む音が響いた。どういう状況かわからず、翠蘭は戸惑い気味に二人を見比べる。

しばらくして、明玉は震える手でその茶葉を憂炎から受け取り、茶の支度を始めた。だが、その手は震えていて、道具がカチャカチャと音を立てている。

「ねえ、どうしたの……？」

明らかに様子がおかしい。見かねた翠蘭がこっそりと憂炎に耳打ちすると、彼は眉をしかめたまま首を振った。

「待っていろ」

そう短く告げ、憂炎は手元に持ったままの半紙を見つめた。

「お、お待たせいたしました……」

そうこうするうちに、ようやく茶の準備を終えた明玉が、二人の元に茶杯を運んでくる。だがその手元はカタカタと震え、茶杯が小さな音を立てていた。

だが、憂炎はそれに一言も触れず、黙ってそれを受け取るとそのままながれるような仕草で口をつける。

「あ、ああああ……っ……！」

途端に大声で悲鳴を上げたのは、明玉だ。

「明玉!?」

「だめ、駄目です！　飲んではなりません！　翠蘭さまも飲まないで……！」

彼女は真っ青になり、取り乱した様子で憂炎につかみかかると、茶杯をその手から叩き落とし、そのまま床に額を擦りつけた。

「申し訳ございません……っ」

「……やはりか」

口の中に含んでいた茶をぺっと吐き出して、憂炎が口元を乱暴に拭う。どうやら、茶を飲む振りをしただけだったらしい。

だが、いったいなにがどうなっているのか全く理解できない。翠蘭は床に額を擦りつけ、ごめんなさいと泣く明玉と、それを睨み降ろす憂炎を交互に見つめ、眉をひそめた。

「……全てお話しいたします」

半刻後。ようやく落ち着いた明玉が、ぽつりぽつりと話し出した。

「最初にお断りしておくと、私は胡茗《こめい》地方の官吏の娘、ということになっておりますが、事実ではございません」

その身分は、彼女の兄の恋人のもの、だという。

翠蘭と憂炎は顔を見合わせ、小さく頷いた。明玉は「ふう」と小さく息を吐き、膝の上に置いた手をぎゅっと握りしめて話を続ける。

「私の兄は、胡茗では美男として少しばかり有名でした。それに……これは先代、美雨陛下の折の施策のおかげで、我らのような農民でも学ぶ機会を得ました。そこで優秀な成績を納めることにも成功し、下級の地方文官として職を得ることが叶ったのです」

そこで一度話を区切り、明玉が唇を噛む。どうやら、話すのが辛い事柄があったのだ、と推察した翠蘭は気長に待とうとしたが、憂炎はせっかちにも明玉に話の続きを促した。

「で、どうしたんだ」

「ちょっと、憂炎……」

思わず口を挟もうとしたが、俯いた明玉がゆっくりと首を振る。

「申し訳ありません。大丈夫です。……そこで兄は、地方官吏の娘である思妤《シジュ》姐さんと知り合い……恋仲になりました」

美男の兄と、美女の思妤。二人はお似合いに見えたし、深く想い合っている様子でもあった。

それゆえ、兄が次の試験で合格し、更に昇進すれば結婚もあり得ただろうと――そんな矢先、当時の女帝であった美雨が崩御。新たに美帆が即位し、彼女のための後宮が招集されることになった。

「どういったわけか、兄はその後宮に招集され――入ることが決まってしまいました」

「……あれは」

憂炎が何かを言おうとする。それを遮るように、明玉は首を振り、それからちいさく頷いた。

「そうです、今はもう——知っています。美帆陛下……いえ、憂炎陛下のお達しで、当時の男後宮の招集は『希望者のみ』になっていたと。おそらく、思妤姐さんの父は兄のことを良く思っていなかったのでしょう。当然です、もとはただの農夫の家庭である兄と、代々官吏を務めてきた思妤姐さんとでは、釣り合いが取れていなかったこと」

話すにつれ、明玉の声は震え、その瞳には再び大粒の涙が浮かんでいた。

ぱち、と瞬きをすると、それがほろほろとこぼれ落ち、乾きかけていた頬を再び濡らしていく。

「……思妤姐さんは、それでも兄を待つつもりだった。私にもそう言っていたのに、結局父親に命じられ、三十も年が離れた大商人の元に嫁入りさせられました。それからは連絡を取ることも禁じられ、様子をうかがい知ることもできませんでした。けれど……」

明玉は唇を噛み、俯いた。その仕草だけで、思妤にどんな事が起きたのか、おおよその予想はできた。

その予想を裏付けるように、明玉は沈痛な面持ちで話を続ける。

「それから半年あまりで、思妤姐さんが病で亡くなったと連絡がありました。そのすぐ後です。男後宮が解散され、兄が地元へ帰ってきたのは」

最後に交わした約束を胸に地元に戻った兄を待ち受けていたのは、最愛の人の死去の報。それを知り、彼はいまや生ける屍のような様相なのだという。

「あれほどまじめだった兄は、まるで人が変わったように自堕落な生活を送っています。それもこれも、あの時兄が男後宮に招集されたせい。しかも男後宮を解散した理由は、陛下が本当は男で片翼を見つけられたから、だと」

それを知ったとき、明玉の頭の中を支配したのは、どうしてなのかという疑問だったという。

そして次に生まれたのは、恨みだった。

だが、いくら恨んだとて、地方文官の妹である自分が、何かできるわけではない。

そこに訪れた機会が、後宮の人事一新による招集だったのだという。

「翠蘭さまを害すれば、憂炎陛下への意趣返しになる。その一心で、私は思妤姐さんの身分を騙《かた》り、後宮に入り込むことに成功しました。それからしばらくは、翠蘭さまの信頼を得、周囲の人々に気に入られるところから始めました」

そこから先を語る明玉の顔は、どこか感情がなく――まるで人形のようであった。

つらつらとよどみない話しぶりが、余計にそう感じさせるのだろうか。

なんだか違和感を覚え、翠蘭が憂炎に視線を送る。だが彼は難しい顔をして考え込んだまま、じっと明玉を見つめていた。

「けれど、誤算が生じた。妃は唯一、翠蘭さまだけだと聞いていたのに、春燕さまを妃として迎えると。このまま陛下がお心変わりしてしまっては、一矢報いることができない。今のうちに、翠蘭さまを脅して陛下に泣きつかせ、陛下のお心がどちらにあるのか見極めようとしたのです……」

それが、あの嫌がらせに繋がったのか。だが、思ったよりも効き目が薄かった上に、傍から見ていて明らかに憂炎の寵愛は春燕に移っているように感じられた。

そのため、今度は春燕を害するための策を練ったのだ。

憂炎が愛するものを失う結果になれば、もう何でも良かった。

「それが、あの毒入り茶というわけか……」

明玉はこくりと頷くと、淡々とした口調で話を続ける。

「はい。翠蘭さまは癒やしの異能をお持ちとのことだったので、お命を奪うことまではないだろう、と」

だが、思いもかけず憂炎にも毒入り茶を振る舞うことになってしまった。

憂炎と翠蘭が同時に毒を煽ったとして、癒やしの異能は二人とも救うことが出来るのか。そもそも、どうして異能があるから毒を盛っても翠蘭は大丈夫、などと思っていたのか。

そう思うと、自分が今までしてきたことまで、どうしてできたのかがわからなくなってしまった。

「……そうだよな、そもそも身分を偽って後宮に入り込めたことからおかしい」

そう語る明玉の話を黙って聞いていた憂炎は、一言そう呟くと立ち上がり、彼女の前に膝をついてその顔を覗き込んだ。

「誰か、協力者がいただろう？　それは誰なんだ」

「え、あ……？」

問い詰められた明玉は、目を見開くと身体を震わせ、意味のわからない言葉を漏らした。彼女の表情は、何かを思い出そうとしているかのようにも見えたし、恐ろしいものを見ているかのようにも思えた。

様子がおかしい。

「明玉……」

翠蘭がそう言葉を発した瞬間、彼女はまるで操られたかのように立ち上がり、卓子《テーブル》の上に載せたままだった、翠蘭の茶杯に手を伸ばした。

そこにはまだ、手つかずの茶がなみなみと入っている。

あ、と翠蘭が思うのと、彼女がそれを飲み干すのは同時だった。

「くそ……っ」

憂炎が珍しく焦った様子で、明玉の手から茶杯を取り上げる。だがその中身は既に空っぽだった。胸元を押さえ、明玉が崩れるように床に倒れ伏す。

「明玉、明玉……!?」

翠蘭は慌てて明玉の肩を抱いて半身を起こすと、その口元に手を当てた。

先ほど、茶には毒が入っていると言っていたはずだ。その毒を、身体から取り除けば明玉は助かるはずである。

(毒を吸い出したことはないけど……)

できないことはないはずだ。そう考え、目を閉じて集中しようとする。

だがその手を、憂炎が握り締め、その行為を止めた。

「どうして……！」

「もう、無駄だ」

「そんなこと……っ」

憂炎の手を振り払い、翠蘭は治癒を続けようとした。だが、いくら集中してもなんの反応も起こらない。

それが、父の死を確認したときと同じだと気付いて——翠蘭はがっくりと項垂れた。

明玉との時間が脳裏に浮かんでは消え、そのたびに切ない気持ちが胸を焦がす。

「どうして……」

彼女の話によれば、明玉が翠蘭に近づいたのは、憂炎への復讐のため。自分に親切にし、楽しい時間を過ごしたのも、全てそのためだったはずだ。

けれど、——本当に、それだけだったのだろうか。

ころころと表情がよく変わり、呼べばすぐに駆け寄ってきてくれた明玉。

翠蘭が自分を卑下して春燕を立てようとするたびにぷりぷりと怒っていた姿。

妹のようだったのに、飾り立てる準備で泣き言を洩らす自分に、じっとしていてくださいと叱りつける姿は姉のようで。

翠蘭さま、と名のとおりに明るく玉を鳴らすような声で呼んでくれた彼女の笑顔は、偽りばかりではなかったと、少なからず情もあったと思いたい。

最後に明玉が、毒入りの茶を飲む憂炎と翠蘭を止めたのは、そういったものに突き動かされたからだと、そう信じたい。

翠蘭はぽろぽろと涙をこぼしながら、明玉の亡骸を抱きしめた。

その後、明玉の話が本当かどうかを確認すべく、憂炎は胡茗地方へ人をやり、調査をしたらしい。

実際に、思妤という女性は地方官吏の娘で、大店に嫁がされた後になくなっているという確認が取れたそうだ。

さらに、明玉の兄だという男性も、保護されたという。こちらも自堕落になっていたのは自暴自棄になった果てのことで、このままでは後を追いかねない状態だったが、どうにか踏みとどまってくれそうだ、とのことである。

多くの人間の運命が狂い、命を落とす者まで出てしまった事件ではあるが、救える命がひとつでもあったなら良かった、と調査結果に翠蘭は胸を撫で下ろした。

だが、まだ疑問は残っている。

「後宮に入るにあたって、身辺調査は必ずしているはずだ。だから、身分を偽って後宮入りした、ということがまずおかしい」

久しぶりに天青宮に現れた憂炎は、榻《こしかけ》にどっかりと腰をおろし、そう話し始めた。

「それに、あの文様……あれは、西域で使われている文様だ。つまり、あのまじないとやらは、西域から持ち込まれたということになる」

「つまり、協力者がいて……その人物は、胡人である可能性がある、ということ？」

翠蘭の言葉に、憂炎は頷いた。

「とすると、だな……怪しいのは、梓晴。春燕の母で、俺の叔母なんだが……」

は、とため息をこぼし、憂炎は天井を仰いだ。

「いろいろ調べたんだが、明玉と梓晴の間に、接点が見つからないんだ。というより、明玉に誰かが接触した、という痕跡そのものがない。だが、明玉が元々持ち合わせていた人脈だけでは、あのまじないや、毒を入手することはできなかっただろう」

それに、最後に突然毒を飲んで自害したのも、妙な話だ。憂炎はそう続けると、眉間に手をあててそこをもみほぐした。

「協力者への忠義で、というのは考えづらい。明らかに様子がおかしかったからな。となると一番に考えられるのは協力者に脅されていた可能性だが……それらしい痕跡が一切出てこなかった。洗脳の類の異能がないわけではないが、俺の知る限り、それこそ梓晴くらいの権力者でなければその手の異能持ちとの繋ぎは作れない」

先日からこの問題を解決するためにいろいろと調べて回ったが、結局証拠は出ないらしい。

「なあ、翠蘭……」

憂炎はそう呟くと、身体を起こして翠蘭を見つめた。その眼差しを受け、小さく息を呑む。

彼の「片翼」であるという自覚のなせる業だろうか、今の翠蘭には、まるで長年連れ添った相手のように、憂炎の思うところが分かる。

皇帝になって尚、自分はこんなにも無力なのか、それとも――相手が一枚上手なのか。後者であるならば、本来国の頂きに立つべき最も優れた人間は……そんなことを考えてしまうのだろう。

だから、これから憂炎が何を言うために口を開こうとしているのかも、分かる。

「これから先、俺の側にいるとまたこういうことが起きるだろう。それでも、そばにいてくれるか……？」

その言葉に、翠蘭は苦笑した。

以前はこちらの意見などお構いなしに「俺の子を産め」などと言っていたくせに。

（ばかだなぁ……）

翠蘭は立ち上がると、憂炎の座る榻《こしかけ》へ近づき、隣に腰を下ろした。そうして彼の手を取ると、囁くように告げる。

「私はあなたの『片翼』なのでしょう？」

以前、憂炎に冗談交じりの口説き文句で言われたことがある。

男装して、名ばかりの婿候補として美帆に傅いていた頃とは比べものにならないほど、今、自分の隣で笑っていてくれる翠蘭は魅力的だ、と。

側にいると、それだけで例えようもないほど気分が落ち着き、気力が漲る思いがするのだ、とも。

多少なりとも、「片翼」という言葉によって特別視されているところはあるだろう。

だがそれ以上に、憂炎には何があっても隣にいる人間が必要で、それが他ならぬ翠蘭であればいいと望まれている自負はある。

（……大丈夫）

ちらりと脳裏を過《よぎ》った春燕の面影に、翠蘭は軽く目を伏せた。

彼女について、妃に迎えるつもりがないことは、あの後憂炎からきちんと説明されている。梓晴との関係から、この後宮で匿《かくま》うような形をとっているだけだと。本当はすぐにでも話したかったが、謀略に不慣れな翠蘭を万が一にも巻き込まないために、全て黙っておく判断をしたこともだ。

数日前、春燕を交えてその話をした際には、彼女は呆れたように「言っていなかったの？」と呟いていたし、自分の振るまいが翠蘭にとって嫌なものだったのではと心配までされた。

『ごめんなさいね、もちろんあなたは知っているものだとばかり思っていたから……』

心底申し訳なさそうな声音で真摯に謝罪までされ、かえって申し訳ない気持ちにすらなったものである。

それを思い出し、翠蘭は口元に微かに笑みを浮かべた。

「……だから、全部二人で乗り越えていきましょう」

決意を秘め、そう言葉を続ける。憂炎が息を呑んだ気配がして、それから震える声が聞こえてきた。

「そ、それって……」

「ええ。私……あなたの子を、産む決心がついたわ」

それと、何があってもあなたの側を離れないという決意も。

後半は言葉には出さない。けれどきっと、憂炎には伝わっただろう。

彼の温かい手から、同じ気持ちが溢れているのを感じるから。

「ありがとう……」

その声には、少し涙が混じっていたかもしれない。だがそれには気付かぬふりで、翠蘭は彼を優しく抱きしめた。

偽りだらけの後宮で
記録に残らない**想い**を解き明かす。

名家の娘でありながら縁談や婚姻には興味を持たず、男装の女官として後宮で働く碧燿《へきよう》。後宮の出来事を正しく記録する彤史《とうし》――それが彼女の仕事だ。ある時、碧燿のもとに一つの事件が舞い込む。貧しい宮女の犯行とされていた窃盗事件であったが、彼女は記録の断片を繋ぎ合わせ、別の真実を見つけ出す。すると、碧燿の活躍を見た皇帝・藍熾《らんし》より思いも寄らぬ密命が下る。それは、後宮の闇を暴く危険な任務で――?

定価:770円(10%税込)　ISBN:978-4-434-35461-8

イラスト:武田ほたる

盲目の忌み子ゆえに、実の姉や村人たちから虐げられてきた少女・すず。北方の地を守護する神への生贄として捧げられることとなった彼女は、雪が降りしきる中、自身の生が終わる瞬間をただ静かに待っていた。やがて現れたのは、大柄で荘厳な印象の美丈夫だった。北の守護神「大神」であるという彼は、生贄など求めていないらしい。拍子抜けするすずに、神の青年はある提案をする。それは、自身の世話係にならないかというもので……薄幸の少女と獣の神が織りなす和風シンデレラストーリー。

◉定価：770円（10％税込）　◉イラスト:のみや　　ISBN:978-4-434- 35322-2

独身寮のふるさとごはん
まかないさんの美味しい献立
水縞しま
Shima Mizushima
アルファポリス
第7回
ライト文芸大賞
「料理・グルメ賞」
受賞作!
疲れた心にじんわり沁みる、
ふるさとの味を
召し上がれ。
飛騨高山に本社を置く株式会社ワカミヤの独身寮『杉野館』。その食堂でまかない担当として働く人見知り女子・有村千影は料理を通して社員と交流を温めていた。ある日、悩みを抱え食事も喉を通らない様子の社員を見かねた千影は、彼の故郷の料理で励まそうと決意する。仕事に追われる社員には、熱々がおいしい愛知の「味噌煮込みうどん」。退職しようか思い悩む社員には、じんわりと出汁が沁みる京都の「聖護院かぶと鯛の煮物」。ふるさとの味が心も体も温める、恋愛×グルメ×人情ストーリー。

迦国あやかし後宮譚《かのくにあやかしこうきゅうたん》

1~5

著 シアノ

皇帝が選んだのはあやかし憑きの少女!?

アルファポリス
第13回
恋愛小説大賞
編集部賞
受賞作

妾腹の生まれのため義母から疎まれ、厳しい生活を強いられている莉珠《りじゅ》。なんとかこの状況から抜け出したいと考えた彼女は、後宮の宮女になるべく家を出ることに。ところがなんと宮女を飛び越して、皇帝の妃に選ばれてしまった！　そのうえ後宮には妖《あやかし》たちが驚くほどたくさんいて……

◉1～3巻定価：726円（10%税込み）
4～5巻定価：770円（10%税込み）

◉Illustration：ボーダー

かりそめ夫婦の
穏やかならざる新婚生活

親を亡くしたばかりの小春《こはる》は、ある日、迷い込んだ黒松の林で美しい狐の嫁入りを目撃する。ところが、人間の小春を見咎めた花嫁が怒りだし、突如破談になってしまった。慌てて逃げ帰った小春だけれど、そこには厄介な親戚と——狐の花婿がいて？　尾崎玄湖《おざきくろこ》と名乗った男は、借金を盾に身売りを迫る親戚から助ける代わりに、三ヶ月だけ小春に玄湖の妻のフリをするよう提案してくるが……!?　妖だらけの不思議な屋敷で、かりそめ夫婦が紡ぎ合う優しくて切ない想いの行方とは——

各定価：726円（10%税込）

イラスト：ごもさわ

梅野小吹
Kobuki Umeno
鬼の御宿の嫁入り狐
［おにのおやどのよめいりぎつね］
1〜2
出会うはずのなかった二人の、
異種族婚姻譚
アルファポリス
第6回キャラ文芸大賞
あやかし賞
受賞作
「その傷ごと、俺がお前を貰い受ける」
鬼の一族が棲まう「繊月《ひづき》の里」に暮らす妖狐の少女、縁《より》。彼女は幼い頃、腹部に火傷を負って倒れていたところを旅籠屋の次男・琥珀に助けられ、彼が縁を「自分の嫁にする」と宣言したことがきっかけで鬼の一家と暮らすことに。ところが、成長した縁の前に彼女のことを「花嫁」と呼ぶ美しい妖狐の青年が現れて……？　傷を抱えた妖狐の少女×寡黙で心優しい鬼の少年の本格あやかし恋愛ファンタジー！
◉定価：1巻 726円（10%税込）、2巻 770円（10%税込）
◉Illustration：月岡月穂（1巻）、鴉羽凛燈（2巻）

この剣で、後宮の闇を暴いてみせる。

刀術の道場を営む家に生まれた朱鈴苺《しゅりんめい》は、幼いころから剣の鍛錬に励んできた。ある日、「徳妃・林蘭玉《りんらんぎょく》の専属武官として仕えよ」と勅命が下る。しかも、なぜか男装して宦官として振舞わなければならないという。疑問に思っていた鈴苺だったが、幼馴染の皇帝・劉銀《りゅうぎん》から、近ごろ後宮を騒がせている女官行方不明事件の真相を追うために力を貸してくれと頼まれる。密命を受けた鈴苺は、林徳妃をはじめとした四夫人と交流を深める裏で、事件の真相を探りはじめるが——

定価：770円（10%税込み）　ISBN：978-4-434-35142-6

イラスト：沙月

この作品に対する皆様のご意見・ご感想をお待ちしております。

おハガキ・お手紙は以下の宛先にお送りください。

【宛先】

〒150-6019 東京都渋谷区恵比寿 4-20-3 恵比寿ｶﾞｰﾃﾞﾝﾌﾟﾚｲｽﾀﾜｰ 19F
（株）アルファポリス　書籍感想係

メールフォームでのご意見・ご感想は右のＱＲコードから、
あるいは以下のワードで検索をかけてください。

アルファポリス　書籍の感想　検索

ご感想はこちらから

ALPHAPOLIS
WEB CITY SINCE 2000
アルファポリス文庫

朱《しゅ》華《か》国《こく》後《こう》宮《きゅう》恋《こい》奇《き》譚《たん》
偽《いつわ》りの女帝《じょてい》は男装少女《だんそうしょうじょ》を寵愛《ちょうあい》する

綾瀬ありる（あやせ ありる）

2025年 3月 25日初版発行

編　集－本丸菜々
編集長－倉持真理
発行者－梶本雄介
発行所－株式会社アルファポリス
〒150-6019 東京都渋谷区恵比寿4-20-3 恵比寿ｶﾞｰﾃﾞﾝﾌﾟﾚｲｽﾀﾜｰ19F
TEL 03-6277-1601（営業）　03-6277-1602（編集）
URL https://www.alphapolis.co.jp/
発売元－株式会社星雲社（共同出版社・流通責任出版社）
〒112-0005 東京都文京区水道1-3-30
TEL 03-3868-3275
装丁イラスト－宵マチ
装丁デザイン－木下佑紀乃＋ベイブリッジ・スタジオ
印刷－中央精版印刷株式会社

価格はカバーに表示されてあります。

落丁乱丁の場合はアルファポリスまでご連絡ください。

送料は小社負担でお取り替えします。


ISBN978-4-434-34986-7 C0193